漠星 著
蛇吻預警
她知道這樣的情感扭曲自私，但她還是希望和夫人的距離能再更近一些，
最好夫人能夠完完全全屬於自己。

第一章　黑曼巴夫人

夕照傾斜，巷子裡的黑影歪歪扭扭，在乾淨的皮鞋底下被踩得支離破碎。繡著高中校名的側背包被扔在一邊，沾上了灰，林眞一愛惜地把它拍乾淨，掛到腳踏車的把手上。

肉身撞擊牆面的悶響不大，只要用手掩住對方的嘴，就不會發出太多聲音。記得不要打臉、不要用拳頭，沾了鹽水的銀針刺進皮膚時不會留下傷痕，最適合用在漂漂亮亮的女孩子身上。

而且夠痛，痛就能記住教訓。

夕陽剩下最後一抹餘光時，林眞一才從手機上抬頭，旁邊的友人只來得及看到她的手機桌布一閃而過，似乎是個女人的照片。

「好了，再打下去手會痛。」她溫和道，揮手示意原本圍成一圈的人散開，在她們穿著精緻長襪的腿後，一個女孩瑟縮在地。

林眞一憐惜似地拉她起來，「跟妳說過了，給我們錢就不會對妳怎麼樣。這麼公平的交易妳不要，何必白白痛這一次。」

女孩淚痕滿面，林眞一歪著頭，伸手把她的淚水擦乾淨，對其他人說：「把她書包拿來。」

掛在單車上的書包裡果然有錢包，林眞一抽出裡面六張千元鈔票，自己拿了一張，其他全部塞給身邊的人，「拿去花掉吧。」

友人們笑鬧著開始討論要去哪裡唱歌，林眞一在喧鬧中拍拍受害者的臉，「記得什麼都別說，雖然妳就算說了，老師也不會相信妳。」

女孩直直瞪視著林眞一，憤恨的眼神即使含著淚水也依舊清晰，但林眞一毫不畏懼，將鈔票輕輕收攏在手裡，「不信的話，試試看？」

「誰在那邊？」巡邏校園的老師聲音傳來，驀然打斷兩人。

林眞一露出微笑，背對著光的那張臉，層層陰影扭曲了原本秀氣的五官，接著後退幾步，眉一皺，率先哭起來。

老師趕過來，一見到她哭，連聲安撫道：「眞一，怎麼了？是吵架了還是有人欺負妳？」

林眞一躲在老師身後，哭得梨花帶雨，「她威脅我們要給她錢，還說不給的話就要打我，讓我考不了試。如果老師沒來，我本來都要把錢給出去了。」

她伸出手，掌心還躺著剛剛的千元鈔票。

老師臉色大變，立刻轉頭斥責道：「妳上個月就打同學、勒索搶錢，現在還敢再犯？我一定要上報學校把妳退學！」

「我這次什麼都沒做，是林眞一帶人欺負我！」

「欺負妳？」老師幾乎氣笑了，「林眞一是誰？第一名考進學校的人、年級模範生！她會欺負人？倒是妳，之前多少次被投訴霸凌別人了？班上一半的人都被妳打罵過！」

老師掐著女孩，不由分說把人帶走，女孩掙扎著回頭咒罵：「賤人！妳說謊！」

林眞一站在原地，安靜地對她微笑。

先動手的不會被原諒，就像貼上的標籤，足以合理化一切。一個劣跡斑斑的霸凌紀錄者，和一個從不犯事的乖乖牌學生，師長會更相信誰，沒有懸念。

確認老師已帶著對方走遠，一夥人喘了口氣，其中一個戳了戳林眞一，開玩笑道：「喂，妳就不怕哪一天被發現？」

林眞一走回腳踏車邊，「被發現了又怎樣？這間爛學校的升學率之後得靠我，他們敢開除我嗎？」

女孩們吹了聲口哨，無可辯駁，「走啦，我們去唱歌。」

林眞一踩下踏板，「不了，我要回家念書。」

及腰的黑髮隨著單車驅動往後飄揚，一行人目送她離去，小聲嘀咕道：「眞一家裡是不是眞的缺錢啊？」

「誰知道，她動手也不只是因爲錢啊，完全是看心情。」

「她家不缺錢啦，」另一個女孩一邊篤定地說，一邊用手機訂ＫＴＶ包廂，「妳們忘了嗎？上次校慶的時候她媽媽捐了不少錢，學校還把她的名字掛在穿堂呢。」

那她說謊搶錢是爲什麼目的？

一群女孩面面相覷，最後下了個林眞一純粹只是想玩玩的結論。

林眞一全然不知道友人們的評論，騎著車回到位於高級住宅區的家。大房子裡空空蕩蕩，只有幾件必要的家具，而且每個都是黑白色系，看上去高雅簡潔的同時，也顯得毫無生氣。

林眞一來到廚房，熟門熟路拿出食材。在開始料理前，她在通訊軟體裡找到和她拿來當手機桌布一樣的頭貼，顯示的名字是「夫人」。

她從不准林眞一當面叫她媽，只允許用「夫人」這樣疏離的稱呼，把兩人的距離硬生生拉開。

「夫人，今天回來吃嗎？我煮了夫人最愛的泡菜湯，還特別加了牛奶！」

加上可愛的貼圖傳出後，林眞一往上滑動聊天室，前幾次發的訊息到現在都還沒被已讀。

她忍住一聲嘆息，放下手機專心烹調。泡菜湯紅豔豔的湯汁邊緣冒出滾滾泡沫，熱氣騰騰而起，一路氤氳進她低垂的黑眸。

她想不起來上一次在家裡看到夫人是什麼時候了……三天前？一週前？

不回家的時候也不會傳訊息給她，她早就猜得到夫人外頭肯定還有別的家可以住，至於那個家裡有沒有其他人，她不敢問——也沒資格問。

「夫人，我煮好了！我會先幫妳保溫，等夫人回來就可以直接吃了。」

「夫人，今天會很晚回家嗎？辛苦了。」

「夫人，我先去睡，湯就在電鍋，記得喝喔。」

一桌的菜餚絲毫未動，時間卻已經悄悄過去三小時，林眞一獨自坐在桌邊，固執又渴求地盯著螢幕。

冷不防，一排已讀標記迅速浮現，她嚇了一跳，連忙離開頁面，以免新傳來的訊息太快被已讀，讓夫人察覺她在另一端的殷殷期盼。

在同學面前鎮定自若的人，此刻小心翼翼捧著手機，心裡的期望像無聲膨脹的氣球，但下秒傳進來的寥寥幾個字，啪的一下把它戳穿，剩下一層滑稽的塑膠皮癱軟在原地。

「這禮拜不回來。」

好幾分鐘後，林眞一才接受除了這句話，夫人沒有再傳來其他訊息的事實。她鎭定到近乎冷漠地起身倒掉所有菜餚，包含那鍋煮了一小時的泡菜湯。夫人不要了的東西，她也沒有心思留下來，沒有意義。

然後，她回到手機前，一字一字打下：「好，夫人工作小心，我等妳回來再煮一次泡菜湯。」

林眞一忍住想問夫人是去哪裡的衝動，因爲每次詢問時，都會被提醒一件事情——她不是夫人的親生女兒，沒有立場過問夫人的任何事情。

她也無從知道，夫人此刻是眞的沒空。

遊艇背離海岸向外馳行，在黑夜的海面上織出白蕾絲般的波紋。滿臉紅光的男子踏上甲板，搔著溢出皮帶外的肚腩，笑得和藹，「再往外海就沒訊號了，夫人還有什麼要處理的事情，記得把握時間啊。」

女子靠著欄杆把訊息發完，背對晃蕩的水面輕輕抬起頭，月光與水色完美襯托著她的臉，嘴角微彎，「哪有什麼事比我和會長今天要談的重要呢？」

即便男人在聲色場合見過無數美女，依然會爲了這豔絕的五官而心顫，她那雙眼裡彷彿有鉤子，一下一下撓他的心。會長笑瞇了眼，眼神不著痕跡滑到女子禮服底下半裸的肩頸與背部，「那就快請進去吧，我們才談到一半而已。甲板風大，夫人穿這樣少，別著涼了。」

甲板上燈光黯淡，她掃一眼周邊，微微矮身走進船艙內。

她名義上的丈夫斜靠在沙發上，手指無意識地撫著手腕，看他的神態和桌上散落的酒杯，顯然已經喝醉了。她上前扶住他，「會長，不好意思，墨南醉得太快，我帶他去甲板吹吹風醒酒。」

會長沒有爲難她，抬手示意兩個保鑣跟著出去。

女子扶著丈夫靠在欄杆邊，一邊給他拍背，一邊微微掀起嘴角說：「條件不是都說好了，唐家五千萬換開發案地點，會長到底在拖什麼，想反悔嗎？」

這是兩人間的暗號，舉凡遇到麻煩事又無法當面商量，其中一人會故意裝醉，加上摸手腕的小動作，意思是需要私下討論下一步策略。

靠著她的林墨南一邊間歇乾嘔兩聲，一邊藉著海風的掩護低語：「妳又不是第一次出來談事情，應該知道他不是反悔，是想要別的條件。」

女子咬緊牙，漂亮的臉上隱隱透出一絲陰狠，「唐家的條件不能改，等等回去他再不吐出地點，老娘就讓他下不了船。」

林墨南十分心平氣和，「別動不動就老娘，女孩子這樣不好聽。何況我們在人家船上，若眞的談不攏，人家想滅口……說不定下不了船的是我們。」

她藏在暗夜裡的眼睛斜挑著，舌頭輕輕舔了下虎牙。

林墨南低頭埋在臂間，模模糊糊地笑，「怎麼辦，劉傾夏，我們這對假夫妻眞的要爲了唐家同年同月同日死，妳會不會不甘心？」

劉傾夏回過頭，再次掃視過整艘遊艇，最後視線定在船頭另一端正在抽菸的會長特助身上。特助那雙藏在鏡片下的眼睛，含著和她一樣的夜色。

「我們不會死。」

林墨南抬起眼。

劉傾夏聲音裡壓著厭惡，「爲了這些檯面下的骯髒事，拿我們的命換他們的錢，不值得。」

她驀然轉身，重回酒席。

會長靠在軟枕中，打量她的眼神越來越放肆。

劉傾夏向前傾身，長睫毛繾綣地眨動著，「墨南醉了，我們繼續聊就好。會長，我今天來是代表唐家的誠意，您要什麼，我能作主的自然都會給。」

她爲他倒酒，指尖曖昧地蹭過會長的手背，哄得人一杯一杯喝下，直到酒精終於淹沒會長殘存的理智。他幾乎貼緊了劉傾夏的身軀，手若有似無地游移在她大腿旁，「妳陪我喝這麼久，眞的有誠意。我就讓妳知道，開發案上頭換了地點，我花了好一番工夫才拿到情報，很辛苦呢。」

特助進來遞醒酒藥給他，劉傾夏伸手接過，親自幫會長倒水，「這麼說，唐老開的這五千萬，還不夠您的那點……跑腿費？」

不等會長回話，她抬頭望向一旁的特助，笑得露出白齒，「江特助，你也知道新地點在哪裡，說說看，你的跑腿費開價多少？」

人們都說唐家的交際花是一條毒蛇，花紋低調貴氣，毒液卻很是致命，像一隻美麗的黑曼巴蛇。

會長被帶到甲板時，終於懂了這是什麼意思。劉傾夏看著他的目光，是看獵物時的眼神，而且是看快要死了的獵物。

劉傾夏背過身，聽到不遠處傳來落水聲，知道是會長被推下水的動靜。

他醉得厲害，連垂死呼叫都是含含糊糊。

她等著、等著，直到流光黯淡的水面重歸寂靜。

江特助走回來，彬彬有禮朝她欠身，「大家都喝多了，沒注意到會長失足落水，天亮時我會報警。」

他話還沒說完，冷不防肩膀一沉，一隻精壯的手臂輕佻地摟他一下，他猛然回頭，林墨南探手挑走他的眼鏡。

沒有金邊眼鏡遮掩，那雙細緻狹長的桃花眼難得落了絲凌亂。兩人四目相對時，林墨南笑起來，「長這麼好看，看不出這麼心狠手辣。」

劉傾夏清一清嗓子。

林墨南微笑地撤開手，不再說話。

天亮後遊艇入港，劉傾夏低垂著長睫交代道：「錢明天入帳，痕跡清乾淨點，你我現在是在同一條船上了。」

江特助頷首，見劉傾夏兩人整晚沒睡、神色疲憊，幫忙叫了代駕。

一上車，劉傾夏本性畢露，迅速解開髮髻，還不小心扯斷幾根頭髮，疼得直皺眉，「一整晚都是綁緊的髮型，頭皮有夠痛。」

林墨南探身過去幫她，「妳有夠粗魯耶，手放開啦，我來用。」他手指靈巧，慢慢幫劉傾夏摘下繁複的髮飾，「喂，妳覺得剛剛的江特助怎麼樣？」

「坐遊艇出去的主意是他想的，人夠聰明，之後應該可以多跟唐家合作。」

「我不是指那個，我是說，妳覺得他在『那方面』的表現怎麼樣？」林墨南擠眉弄眼道。

劉傾夏瞪大眼叫出來：「我靠，你能不能矜持點，他的年紀說不定可以做你兒子了！」

「如果他想，我也可以叫他爸啊。」

「別把你的癖好說出來！」

正鬧著，祕書的電話忽然打進來，劉傾夏隨手開了擴音。

「夫人，小姐的學校打來電話，說小姐的朋友捲入霸凌事件，班導師想找您當面聊聊。」

林墨南滿臉幸災樂禍，用氣音說：「劉傾夏，妳也有這麼一天。」

劉傾夏的太陽穴痛起來，淡淡回道：「我沒空，看老師那邊想怎麼罰就怎麼罰吧。」

祕書有些爲難，「但是班導說小姐課業表現一直都很好，突然發生這種事情，想找家長多了解是不是近期有什麼狀況。」

「說了，我沒空。」

林墨南忽然探頭對手機說：「她會去，妳先跟老師說一聲。」

搶在劉傾夏揍他之前，林墨南按掉通話，「妳就算不喜歡人家也不能這麼冷漠吧，她現在正處於需要人關心的青春叛逆期喔，萬一走歪路怎麼辦？」

劉傾夏板著臉，渾然一副冰山美人的模樣，眼角眉梢柔潤端正的線條像月光凝成。她望一眼車窗外，陽光下人群穿梭，朝氣蓬勃。

她像是從群魔亂舞的地獄打滾一圈，克服萬般驚險，終於回到人間。

人間深處，還有隻煩人的小狗在等她。

學校裡，一群女同學低頭站著，其中那隻小狗穿著妥貼的制服，長直黑髮垂落在胸前。

她看上去乖得要命，臉上一直是內斂的微笑，唯獨在抬眼對上她的視線時，那雙眼裡洩露出動盪，浮現一絲見著主人的欣喜。

劉傾夏的腳步停在辦公室門口，忽然有些遲疑……太久沒仔細看，半夜做噩夢時會驚醒的小孩子，原來已經長這麼大了。那張臉說不上傾城，就是乾淨秀氣，在人堆裡看過去時會多停留幾眼，配上整齊的制服，完全符合人們對模範學生的刻板印象。

她握緊拳，記憶裡另一個女學生的身影逐漸清晰——一樣的及腰長直髮，一樣倒三角的小臉上裝著兩隻過大的眼睛，眼角微微垂著，像無辜的犬類。

老一輩的人說尖下巴和下垂眼是薄命的命相，倒也有幾分準確，那人不就是紅顏薄命嗎？

「是林媽媽嗎？您好。」班導師起身招呼，似乎有些訝異劉傾夏的年輕。

在她身後，一個渾身珠光寶氣的婦人此時冷哼一聲，聲音大得在場人都能聽見，「這麼年輕大概是未婚生子吧，衣服還穿得這樣不三不四，難怪只能教得出這種會說謊的小孩。」

林眞一轉過頭，眼神很冷。

婦人頓時一縮，又大嚷起來：「老師妳看！她當著師長的面都敢這樣瞪人，對同學還得了！」

劉傾夏大步過去，隨手把搭在腕上的外衣披上，遮住來不及換下的禮服，擋在林眞一身前，不耐的情緒在笑靨下藏得很好，「老師，請問眞一怎麼了？」

班導嘆氣，「昨天學校後門發生一樁霸凌搶案，眞一告訴老師她是被搶劫的對象，可是昨晚眞一的其他同學回家後，被發現手上有好幾千塊，一問之下才知道是加害學生給她們的。」

婦人盛氣凌人道：「林太太，妳知道妳的小孩有多壞嗎？說謊就算了，還把我女兒的錢拿得精光，妳是怎麼管小孩的？」

林眞一正想要回嘴，被劉傾夏回頭一個眼刀止住，「閉嘴，給我惹的事還不夠多嗎？」

然而林眞一沒那麼聽話，笑得很誠懇，「爲什麼不問問她的孩子？這些錢是她心甘情願給我們，說是從別的同學手上拿來的，隨便我們花。」

說話間，昨天的當事人被帶進辦公室，林眞一轉頭看向對方，背對著所有師長，用清晰而緩慢的嘴型說：給我說謊。

她指尖捻起銀針，長長的袖口半掩著，只有女孩的角度能夠看清那根帶給自己莫大痛苦的凶器。

女孩面色頹敗，正想開口，劉傾夏也回頭了。

劉傾夏的唇塗得太紅，紅得像朵虛假的人造玫瑰，她冷冷道：「重點不是這是誰的錢，而是當事人是不是願意給。同學，妳是自願給眞一錢的嗎？」

林眞一和一群同夥都回過身，一言不發盯著女孩。光影打在她們光滑飽滿的側臉上，女孩注意到林眞一的眼底有晦澀暗影，嘴型變成了：我會殺了妳。

女孩一哆嗦，小聲說：「我不是自願的。」

林眞一眼底的光碎開，微笑凝在臉上慢慢淡去。

劉傾夏轉過頭，不由分說重重打了她一耳光。

班導連忙去攔，可是劉傾夏下手太快，那一掌搧在林眞一白皙的臉上，馬上浮出紅手印。

林眞一保持著頭被打到一邊的姿勢，半晌，卻輕輕笑了。

「只有在這種時候，妳才會正眼看我。」她轉回頭，直視著劉傾夏藏在精緻眼妝下、那雙似乎永遠清醒理智的眼睛，「所以我應該多做點壞事的，媽。」

劉傾夏不想再與她多說話，轉向婦人深深一躬，「這是眞一的錯，有什麼能夠補償的，請儘管提出。」

婦人冷嘲熱諷、極盡挖苦，劉傾夏道歉了一遍又一遍，最後好不容易談好賠償，又被班導找到一旁，「林媽媽，不好意思，難得見到您，想多和您聊聊眞一的事情。」

劉傾夏微笑道：「老師儘管說。」

「眞一功課好，人緣也一向很好，這次會發生這種事情，我想或許跟年輕孩子想吸引注意力有關係。聽眞一說，林媽媽平常每天都會在家陪她吃晚餐，不知道您有沒有觀察到眞一有什麼狀況，學校這邊也可以一起關心？」

劉傾夏聞言一愣，視線穿過老師關切的臉，落在辦公室外等候的身影上。女孩低著頭，長髮半遮住臉，側顏被日光勾勒出金燦輪廓，不知道爲什麼，看上去竟有些孤寂。

林眞一是這樣跟老師說的嗎？明明她從來沒有回家一起吃過晚餐，在今天之前，甚至不知道原來林眞一的功課好。祕書不是說，這所高中不是什麼好學校嗎？

又陪著班導費了好一番唇舌，劉傾夏才終於可以起身告辭，她走出辦公室時，林眞一馬上抬起頭，眼神裡流露出毫不掩飾的渴望。

劉傾夏蹬著高跟鞋，把那些渴望踩在腳下走過，看也沒有看她一眼。

林眞一馬上跟上去，低聲喚道：「媽！」

辦公室不在教學區，因此兩邊的空教室都是緊閉的，劉傾夏看了一眼周遭，啓唇道：「這裡沒有別人，不要叫我媽。」

追著的小狗沒有放棄，腳步緊緊跟隨，「夫人，對不起。」

「妳沒有對不起我什麼。」

「夫人，我保證以後不會了。」

「不會怎樣？」劉傾夏驀然止步，回頭望向女孩，「不會說謊、不會霸凌同學，還是不會東窗事發的時候竟然還想著要威脅別人？」

女孩一直算是平穩的臉色終於變了。

「以爲我沒看見？林眞一，妳那點小心機要騙別人可以，在我這，不要想玩什麼把戲。」

她的夫人神色倨傲，一襲漆黑禮服雖然搭著外衣，仍能一窺華麗。糾纏的蕾絲爬在頸部，襯得那膚色更加雪白，她光只是站在那裡，在林眞一眼中都是那麼高貴漂亮。

而在夫人眼裡，她那所有不入流的伎倆原來早已被看透。

「我要對不起的是，我不該讓妳覺得丟臉，還讓那個女的敢這樣跟妳說話。我保證以後不會了，原諒我好不好，夫人。」她低聲下氣，勾住夫人的外套下襬，撒嬌地晃一晃。

劉傾夏的鞋跟很高，但她比林眞一嬌小不少，即使穿著高跟鞋，還是只能和修長的林眞一平視。劉傾夏望著那雙煙波渺渺的無辜眼睛，記憶裡的人逐漸重疊上來，穿過陰暗的歲月，靜靜看向她。

「林眞一，我說過，妳身體裡有一半是髒的血。」劉傾夏低聲道，每個字都像費盡氣力才能吐出，「我之所以容忍妳留在我身邊，是因爲還有另外一半乾淨的血是妳母親的，別自己把那些好的部分耗盡了。」

她揮開林眞一勾著外衣的手，冷冷地掃女孩一眼，「去拿冰袋敷一下臉，不要讓人以爲我虐待妳。」

她頭也不回地離去，而在她身後，林眞一僵在臉上的微笑，依然溫順完美。

髒的血。打從有記憶以來她就聽過劉傾夏這麼說，乾淨的是她媽，不乾淨的是她未曾謀面的爸爸。

沒有人告訴過她，爲什麼自己爸爸的血是髒的，她也不曾問過。

她面無表情地目送夫人離去，像是那些句子不曾刺痛她。髒又如何？她在外人面前頂著一層乖巧的外皮，只有劉傾夏能看見底下的髒汙，即使如此，她還是把她留在身邊不曾拋棄。

多好啊，劉傾夏看得見她的全部，不只有她高明的僞裝，還有她隱晦的惡意。她沒有任何東西可以回報夫人養育之恩，僅僅是這樣的坦誠，她還給得起。

那晚，林眞一回家後還是煮了泡菜湯，傳了訊息。

沒有意外地，劉傾夏依然不讀不回。

之前連續幾晚她都獨自坐在桌邊等到半夜，這一次她沒有倒掉，坐在桌邊舀了一碗已經冷卻的湯。

冷掉的湯不怎麼好喝，但她懶得加熱，餓得發疼的胃倏然被澆上辣的冰涼液體，立刻張牙舞爪疼痛起來。林眞一靠在桌邊，撐著頭，連站起來去找胃藥的力氣都沒有。

正常的孩子現在會怎麼應對呢？打電話向爸媽撒嬌嗎？

可她不想爲自己的任何脆弱痲煩劉傾夏，夫人不欠她，不該多爲她擔這些心——如果對方有可能擔心她的話。

門外忽然有響動，她黯淡如死灰的眼亮起來，接著門開了又關，走進來的腳步輕浮快速，她馬上便知道不是劉傾夏。

她對於劉傾夏的一切都記得十分清晰，劉傾夏走路是慢的，是運籌帷幄的，不會是此刻的風風火火。

腳步聲的主人公探頭進飯廳，「想不想我啊，眞一小寶貝？」

「乾爸。」在林墨南面前她懶得僞裝，單手支著下巴，陰沉的情緒壓在瞳孔裡，風雨欲來。

「誰惹我們小寶貝生氣？跟爸說。」林墨南察言觀色，在桌前坐下，一身亂七八糟的飾品碰撞出聲。

林眞一抬頭看一眼，稀罕地笑了一聲，「乾爸穿得眞時髦。」

林墨南捧著臉，衝她眨一眨眼，「當然能穿多帥就要多帥啊，哪像劉傾夏，雖然比我小，整天卻穿得死氣沉沉，多浪費那張漂亮的臉。」

聞言，林眞一的笑微微僵滯。

林墨南拍拍她的手，「知道妳們鬧彆扭。一週後是她的三十二歲生日，妳準備個禮物給她，說說笑笑事情就過去了。」

但她們之間遠遠不止所謂的彆扭，林眞一抿唇，「我每一年送的禮物，最後她都看也不看就扔了。」

「那是她幼稚。」林墨南神祕兮兮壓低聲音，「每年的禮物，她都偷偷趁妳不注意時從垃圾桶撿回來，她根本只是傲嬌，不是眞的想丟掉禮物。」

看女孩眼睛微微一亮，林墨南揉一把她頭頂，「她平常工作壓力大，雖然這不是藉口，但她不是故意要對妳這麼凶。」

「你們到底都在做什麼工作？」

年近四十的男人側頭看她，小巧的鼻頭和圓潤眼睛都讓他看上去比實際年齡小些，然而此刻，那張臉閃過的陰影透出歲月的厚重，無可忽視，「眞一，我們跟妳說過好幾次，這不能問。」

林眞一目光逡巡在他臉上，試探道：「你們是混黑道的嗎？」

這些不想說的事情又能瞞過誰呢？她不是沒看過劉傾夏大半夜滿身酒氣與血腥氣回到家，傷痕累累塞顆止痛藥，隔天天沒亮又不知道跑去哪裡。

林墨南摸摸她的頭頂，無奈道：「我也希望我們只是單純的黑道。」

什麼意思？她還想再問，然而林墨南已經藉口要休息，迅速遁入裡面的房間。他和劉傾夏一樣，把這邊當成類似飯店的地方，偶爾才會留宿。

林眞一思忖再三，熬夜用她省吃儉用存下的零用錢，親手做了一個護腕。她聽說劉傾夏最近開始學網球，護腕應該會是必需品。

她做的護腕上繡著夫人的名字縮寫，邊緣用夫人慣常穿的蕾絲紋路細細繡上一圈。

她一邊繡一邊有些心猿意馬，那層漆黑勒在夫人纖細的雪白手腕上，汗水緩緩淌落滲入，肌膚因爲運動微微發紅的模樣一定很好看。那手腕這麼細，自己是不是一隻手就能抓住了？抓住的話，就可以隨便做些什麼事嗎？

例如她特別喜歡那天夫人來學校時穿的禮服，漆黑疏冷，但是背一轉，後面是大片引人遐思的雪白，看上去很適合在上面留下印記。

意識到自己究竟在想像什麼的時候，林眞一驀然停下動作。

……糟了。

她知道自己不是什麼好人，可是這種想像實在過了頭，而且一旦開啓，後面的畫面就再也難以收斂。

夫人的貴氣成了征服時的快意，夫人的美麗成了掌控時的獎品。

還有她最喜歡的，是夫人高高在上的樣子，那精緻的臉和衣裝越是完美尊貴，越是讓她想要狠狠揉在身下，拆骨飲血，把那潔白的血肉變成自己的。

扳開她的腿，打開她的手臂，想要夫人舒服又想要她痛，想讓她笑的同時也想讓她哭，想令她臣服又想被她主宰。

林眞一在回神瞬間，猛地扔開未完成的護腕。

一室靜寂，她的眼神越來越暗。

骯髒，太髒了。

夫人說得沒錯。林眞一在痛楚中不甘又絕望地意識到，自己就是髒得無藥可救，才會對一手拉拔自己長大的養母起了這樣的慾念。

這是不對的，不該的。

她一遍遍告誡自己，絕對不該做任何可能傷害到夫人的事情，無論是身體還是心情。

不要連和夫人的最後一絲維繫都因此破碎。

第二章　凶惡的保護者

十一月十五日，夫人的生日那天是週一，林眞一一早把禮物包裝好放在餐桌上。林墨南承諾她，會想辦法讓夫人回家，然而她準備好了豐盛的早餐，對方卻遲遲沒有出現。

最後，林眞一只能先去上學，而回家時桌上已經空了。訊息欄依舊空空如也，但至少垃圾桶裡沒有找到護腕，夫人肯拿走禮物已是莫大的慶幸。

林眞一長久以來頭一次沒有失眠太久就睡著了，隔天早上，她來到餐桌時，發現桌上居然有一個禮物袋。

她的生日只和夫人差一天，這麼多年來除了林墨南，沒有人幫她慶祝過。面對老師逼問霸凌事件時都沒有失序的心跳，頓時轟然震盪起來，她顫抖的指尖迫不及待抓來袋子。

難道，夫人終於想起來要送她生日禮物嗎？

她可以這麼貪心地奢望嗎？

隔著紙袋觸到袋中的柔軟，她心中泛起一絲幽微的不安，遽然打開袋子——裡面是一團漆黑的碎片。

滿腔的期待煙消雲散，她愣一下才認出這是什麼。被剪碎的護腕落在桌上，原先細膩的織紋支離破碎得看不出原貌，她花了一週時間做出的東西，此刻淪爲毫無價值的垃圾。

她的指尖摩娑著護腕毛邊，心底陣陣刺痛。

林墨南從客房出來，一見到她與桌上那堆殘骸，馬上猜到來龍去脈，「劉傾夏怎麼可以這麼過分？我幫妳去罵她！」

林眞一攔住他，「沒關係，不要打擾她了。」

林墨南觀察著她的臉色，放緩語氣，「難過的話就哭出來吧，我陪妳。」

少女清秀的面容上難得浮現一絲茫然，「我不難過，我只是在想，到底要怎麼做，夫人才會開心呢？」

她在學校保持好成績、在家裡煮夫人愛吃的食物，然而劉傾夏依然對她冰冷排斥，一點也不願接受她的百般示好。

林眞一低著頭，慢慢把護腕的碎片集中起來，毫不猶豫地丟入垃圾桶。夫人不喜歡嗎？那她丟掉便是，不要讓這些討厭的東西出現眼前惹人生氣，就像她自己，也不該一直出現在夫人面前才對。

林墨南嘆息地輕撫她頭頂，轉移話題，「今天是妳生日，我沒有什麼能送妳，不如妳請個假，我帶妳去見一個人。」

「誰？」

「別跟劉傾夏說。妳一定會很想見到那個人。」林墨南豎起食指，俏皮眨了下眼。

林眞一望著他，心裡微微一動，浮出一個猜測。

不久後，她坐在林墨南的車裡，車子一路開到郊區，林木蔥鬱，重重地遮掩視線。他們最後轉過一個轉角，才終於窺見目的地的雪白建物。

林眞一遠遠看見便知道這是什麼地方。刺網圍籬森然矗立，建物中每一扇窗口都焊著鐵欄杆，穿著雪白大褂的人員來去匆匆，臉上都是緊繃而壓抑的神色。「盛唐精神病院」幾個字被刻在入口那好幾人高的巨石上，血紅的字猶如某種封印的符咒。

她抬起頭，看到三樓左邊第二個窗口有張臉，正緊緊貼著欄杆，對著窗外陰鬱的天空，滿面渴望。如果忽略對方眼底的狂熱明顯濃得不似常人，那張清秀的臉其實十分惹人憐愛。

林眞一皺起眉，心底有摸不清的感覺一閃即逝……這時，林墨南的呼喚聲打斷她思緒，兩人一起走向大廳登記會客。

「您好，我來探望唐純媛。」

櫃檯護理師一聽這名字，眼神突然銳利起來，「規定改了，特殊列管的病患訪客必須出示證件，證明是親屬才能入內探視。」

林墨南一臉困惑，「什麼時候改的規定啊？我是她朋友，不能探望嗎？」

「這是爲了保障病患與訪客雙方的安全，請配合規定。」

林墨南眼睛一轉，林眞一看他玩性大發的神情就知道，這個任性不羈的養父又要做壞事了。

他領著她裝作要離去，卻在走廊角落守株待兔，猛然抓住兩個經過的護理師，二話不說一人一記手刀，將護理師們劈暈過去。

林眞一看著養父熟門熟路地把那兩個倒楣鬼拖進儲藏室藏好，又把制服外衣剝下來，顯然幹這種偷雞摸狗的業務十分熟練，忍不住問：「你不怕工作人員發現後報警？」

「沒事，這家精神病院是我老闆開的，眞出事也沒關係。」

「那你剛剛爲什麼不報你老闆名字？」

「因爲他也不喜歡我來這邊。」林墨南把兩件制服外袍看了又看，撿起其中一件，「媽的，這也太小件了。我們速戰速決，趕快見一面就走。」

幸好林墨南一頭黑髮幾乎長及肩膀，收起地痞流氓般的誇張肢體語言後，看上去性別特徵不甚明顯，頂多身形粗壯了些。兩人一路裝模作樣對路過的醫師和護理師頷首打招呼，穩當地來到三樓，用護理師袍口袋裡的感應卡刷開門禁後，走進開闊的病房。

房裡多數物品都被裹上厚厚的泡棉，尖銳物品一概全無。有個女子端坐著背對他們，視線依然追隨窗外乍落的瓢潑大雨，聽到聲音時才緩緩回過頭。

林眞一猛然停步。她終於知道剛剛在窗外看見此人時，心裡那模糊的不適感來自何處，也知道自己猜對林墨南帶她來見的人了。

細緻小巧的鼻梁上鑲著兩顆大眼睛，這麼近的距離下，她看得清那雙眼眼尾微微下墜歛起，弧度和她一模一樣。

女子好奇地打量他們，半晌後居然露齒而笑，笑顏天眞動人，和她用來哄師長時的表情如出一轍。

林墨南想帶她來見的人，竟長了這麼一張面孔，只有一種可能性……她感到四肢似乎都麻木了，血液艱難地流動，張口問：「她是我的生母？」

她說不出「媽媽」二字。

林墨南先朝對方走去，半蹲下身，「妳不記得她了嗎？也對，妳被傾夏收養時只有四、五歲，可能都不太有記憶了。她叫唐純媛，純白的純，名媛的媛。」

林眞一僵立在原地，林墨南回頭看向她，感傷道：「她不認得人，有時會莫名其妙受到刺激，但多數時候都很溫和、很安靜。」

「你們爲什麼都沒有告訴過我，我的生母在精神病院？」

林墨南遲疑一會兒才開口：「妳媽媽和傾夏有些往事，傾夏不想讓妳知道，但我覺得妳已經大了，不讓妳來看媽媽也不對。過來吧，來和純媛說說話。」

林眞一沒有靠近。

初見時還沒看出唐純媛的不對勁，時間一久她的病徵就顯而易見。

她會不住地喃喃自語，對周遭一切漠不關心，只顧著低頭用力塗抹桌上的本子。因爲擔心畫筆尖銳危險，醫院的人只給她鈍頭的粉蠟筆，她沾了滿手粉彩，卻無意識地用髒手擦臉，在白皙的臉上留下斑斑痕跡。

「她不想要我，才會在我四歲時把我丟給夫人嗎？」

此時，一抹蠟筆的紅痕沿著唐純媛的眼角抹開，像淒厲的血淚。

「她不是不想要妳，是因爲生病無法好好照顧妳，才會託給傾夏照顧。」

林眞一露出微笑，眼底卻湧出層層陰鬱，年輕的臉龐竟與唐純媛慘白病態的面容隱隱重疊，「有區別嗎？結局都一樣。」

不等林墨南接話，她已經轉身，「走吧，得趕在夫人發現我沒去學校之前下山。」

夫人從不關心她的出席率，這個藉口找得有失水準，但此刻的她眞的一刻都不想再待下去。

林墨南長嘆，不過也沒有強迫她，跟著起身走出。

然而，離開時兩人大概已用盡了今日的運氣，才剛下樓梯，他們就瞥見樓下有道人影走上來。不像他們偷偷摸摸，這人身邊有看似院長等級的人員陪著，一票人浩浩蕩蕩地迎面而來。

林眞一正沉浸在思緒中只顧低頭走路，忽然看見精緻的裙襬、白皙纖細的腳踝，以及那雙紅底的高跟鞋，看上去很像她的夫人——她倏然抬頭。

「靠，妳怎麼會今天來？」

林墨南的咒罵證實了她最糟糕的預感。

劉傾夏站在樓梯下，精美煙燻妝下的眼睛掃過兩人的護理師袍，明明站的是比他們都低的位置，但那眼神冷酷睥睨，帶著極重的壓迫感，截斷兩人所有可能脫口而出的藉口。

她緩步拾級而上，咫尺之間，她對上林眞一死寂的黑瞳，「妳來見她？妳知道她是誰了？」

林眞一無可辯駁。

劉傾夏往前踏了一步，眉間緊鎖似在壓抑著什麼，見女孩沉默，眼底的怒意終於洶湧滔天，冷硬的話一字一字擲出，「妳還敢來見她？」

林墨南見她情緒不穩，連忙上前打圓場，「是我要帶她來的，妳別怪她——」

劉傾夏一把推開他，強行掐住林眞一的下頷，目光沉沉，「妳還有臉來見妳媽？妳不學好、背地裡做那些欺負同學的事情，對得起辛苦生下妳的她嗎？」

林眞一卻被劉傾夏冰冷的指尖分了心，貼在臉上的涼意像毒蛇遊動，深深鑽進骨髓。如果她告訴夫人，她覺得她生氣時特別美，會被當作瘋子吧。

「我對不對得起她，夫人說了算。」林眞一直挺挺站著，嘴角的弧度卻漸漸傾斜，「但我的生母根本不在乎吧？她病成那樣，眞的還記得自己有個孩子嗎？您幫別人養孩子養這麼久，是爲了我，還是爲了她？」

林墨南拉不動劉傾夏，只得拉開林眞一，「妳也少說兩句！」

劉傾夏的目光凌厲，「林眞一，妳的命是她給的，我可以直接告訴妳，我養妳，是爲了她沒錯。」

林眞一一動也不動，笑容越來越深。這十幾年來，容她待在屋簷下，留一口飯給她吃，不過是因爲她是她的女兒，那些浮光掠影的溫情算什麼呢？

兩人視線相對時，回憶迅速翻篇。

林眞一很小的時候第一次看到劉傾夏，是在一張保母給她的舊照片裡。那還是她纏了許久保母才翻出來的。

聽說劉傾夏不愛被拍，年少時的影像所剩無幾，唯一剩下的那張舊照片裡，少女形容青澀甜美，明亮燦爛的笑容透著暖意，全然沒有後來的鋒利內斂。

在她懵懂的心靈裡，只知道那張照片裡的人很重要，是她能夠住在這裡的唯一理由。

那時她已經來到現在居住的房子，有許多不同的保母負責照料，但都是人來了又去，每一張臉都記不太清。她從來都不知道，爲什麼這些保母都留不久，直到有一天，她第一次見到劉傾夏本人。

那一夜，劉傾夏當著她的面親手殺了一個人——她的最後一位保母。

年幼的孩子記不太清細節，只知道那天睡午覺時，保母輕輕把她抱起來，她嚇了一大跳，卻昏昏沉沉、無法動彈。她被一路抱到陽臺邊，冷風吹上臉龐，驀然驚醒，幸好劉傾夏在那時趕回家，及時救下了她。

後來林眞一才知道，劉傾夏雖然人不在家，卻時時透過監控鏡頭關注她的安危。當天發覺保姆在她的午餐裡加了安眠藥後，馬上帶著林墨南從婚禮上趕回家，在保母把她扔下去前，即時衝進門。

劉傾夏牽著她的手，叫人把保母帶上頂樓天臺。高臺夜色裡，那位夫人笑吟吟地挽著新娘白紗，像隻漂亮的黑曼巴，蛇鱗裡浸透了罪惡。

「妳聽了誰的命令，敢來動我的孩子？」

保母跪在地上瑟瑟發抖，劉傾夏的手也在抖，但在繁複的垂墜白紗隱藏下，只有和她牽著手的林眞一能夠發覺。

「到這種地步還不說嗎？」

還穿著新郎服的林墨南按住劉傾夏的肩膀，勸告她：「要留下活口，才能問出主使者。」

「不必了。」劉傾夏把林眞一推給他摟著，自己重重掐住保母的臉，「如果我們沒有及時趕回來，她是眞的敢把孩子從樓上丟下去。有膽接這種任務，就要有自己也會付出代價的覺悟。」

四周的手下一擁而上，保母撕心裂肺地求饒。

林墨南抬手遮住林眞一的視線，卻擋不住鑽進耳膜的垂死慘叫，還有重物破空墜落後，響徹天際的重擊聲。

她小小年紀還不懂得恐懼，但當劉傾夏朝她走來時，她恍惚覺得對方就是一隻蛇，金色豎瞳縮緊，對她張開血盆大口，毒牙森森，驟然合攏——

「以後，不會再有人敢來傷害妳了。」新娘子蹲下身與她平視，執起她的手時，動作前所未有地溫柔，「今天開始，我就是妳的養母，我一定會保護妳平安長大。」

那隻蛇氣勢洶洶，卻只是輕輕垂首叼起了她的後頸。

在幼小的林眞一眼裡，劉傾夏就是無邊黑夜裡，最後一道從天而降的光。

她長大後才懂得，那些來來去去的保母，經常混進別有居心的人，所以劉傾夏才會三天兩頭替換人，也知道了劉傾夏結婚的原因。劉傾夏只大她十六歲，如果不嫁給年長林眞一二十歲的林墨南，法律上劉傾夏不能收養她。

然而在越來越懂事的同時，林眞一就清晰意識到，這並不是一個正常家庭應該有的樣子。

例如，劉傾夏雖然不再請任何保母，而是親力親爲照料她起居，但她不准林眞一叫她媽，也少有親暱的肢體接觸。等她大到可以獨自過夜後，劉傾夏就開始動輒三天兩頭不回家。

而林墨南更是一開始就開宗明義讓她知道，他只是乾爸，陪吃陪玩可以，舉凡需要家長代表決定的事情，一律都是劉傾夏的祕書經手。他更像是一個偶爾有空的玩伴，陪林眞一玩一個漫長的扮家家酒遊戲。

也不知道從什麼時候開始，劉傾夏對她越來越冷漠，越來越苛刻，當時天臺上傳到手心的那絲溫度在時間裡褪去，遍尋不著。

十幾年過去了，在這荒山野嶺的精神病院，有名無實的母女四目相對。

少女安安靜靜站在原地，劉傾夏莫名覺得女孩眼裡有些什麼在流竄著，陰冷得令人不安。

雖然在學校時就有這樣的感慨，但在這一刻，劉傾夏還是有些恍惚。林眞一已經長大，不再需要她刻意的庇蔭就能夠好好成長了。

劉傾夏握緊拳，逼自己冷靜下來，「林墨南，帶她回去。」

她和林眞一擦肩而過，又回頭開口：「把那身護理師服脫掉還人家。林墨南，你下個月的薪水扣半。」

無視身後的哀號，她繼續和院長一邊討論著唐純媛的病情，一邊走上三樓。

「唐小姐的狀況穩定許多，說不定再過一些時間就能減少藥量了。」

「那很好，小心照顧好她。」

「當然，唐老董事長吩咐，我們一定盡心盡力。」院長陪著笑臉，「除了夫人以外，不許任何親屬之外的訪客，這項禁令還是維持嗎？」

「當然。」劉傾夏駐足門邊，「我想和她單獨說說話，你們先走吧。」

語畢，她獨自踏入病房。

唐純媛哼著不成調的歌，低頭畫畫，沒有理會走進來的她。

「純媛，傷害你的人出獄了。不過妳放心，我絕對不會再讓他接近妳。」劉傾夏輕聲說，看著唐純媛換了張白紙，在上面塗上層疊的粉紫花瓣。

「林眞一也長得很好，妳剛才有好好看看她嗎？她長大了，眞的和妳年輕時很像。我總是擔心會對她太嚴厲，但又會提醒自己，這是必須的，她必須離我遠一點。」她沉默片刻，又開口：「我沒有做錯，對不對，純媛？」

一串串鐘型的紫花在紙上成形，唐純媛抬起頭，顛三倒四地說：「妳……給妳，花。」

劉傾夏伸手接過，望著唐純媛天眞如稚子的臉，心臟一陣陣絞痛。她猛然起身，將那單薄的身影抱進懷裡。

唐純媛呆呆地沒有反應。

劉傾夏在她耳邊一字字說出，宛如誓言，「再等一下，再等我一下，等到所有危難都剷除，我就能讓妳們自由。」

從精神病院出來後，劉傾夏仍心緒不寧，在車子開始駛向市區時，她翻出早上收到的訊息，是來自唐家的通知。

「他已經出獄了，看緊他，不要讓他接近純媛。」

劉傾夏咬著牙，望向車外逐漸消逝的綠意。

縈繞她多年噩夢的罪犯雖然出獄，但對方必須佩戴電子腳鐐，理論上不需要擔心。可是在泥淖裡打滾多年養出來的直覺，仍是在她心底敲響警鈴，她壓不下心裡的不安，才會特別跑這一趟，想親眼看看純媛——沒想到遇到了林眞一。

方才林眞一聽到自己是爲了純媛而養育她時的神情，像一個乖巧的孩子被拿走了玩具，委屈卻又安靜，反而令人心疼。

劉傾夏還知道，林眞一小時候從來不哭，可是每晚都被噩夢糾纏不能安睡，白天問她時，卻又總裝作沒事……那隻小奶狗就是這麼讓人不省心。

她越想越焦躁，打電話找林墨南抱怨，完全沒有剛剛的氣勢凜然，「你帶她去那裡幹麼？你看，小孩子看了之後就開始鬧脾氣了！」

「那妳爲什麼要凶人家？今天還是她的生日，她眼巴巴期待妳的禮物，妳幹麼把她的護腕剪碎啦！」

「沒必要花那些力氣做沒用的東西啊。」她垂下眼，「……小時候就算了，現在的她，不該和我太親近。就跟養狗一樣，給她一點甜頭她就會想得寸進尺，不如一開始就別養壞她的胃口。」

林墨南嘆道：「妳還是一樣自我中心。妳覺得好的，她未必覺得好。妳把她關在溫室裡，她只會更不懂得躲避危險啊。」

劉傾夏臉上一瞬的軟弱浮起又消失，冷聲道：「我只是在保護她。」

她切斷通話，但林墨南的話在她耳邊轉了一圈又一圈，慢慢沉進心底。

她是眞的對林眞一太漠不關心，才會讓她走上偏路、學會那些威脅同學的手段。林墨南雖然廢話很多，有句話卻是對的——把林眞一關在溫室裡，不教她是非對錯，只會讓她更不知道哪些路不該走、哪些人不該靠近。

她吩咐同車的祕書：「晚上帶林眞一過來拳場。」

祕書一愣，「可是那個地方……」

「我知道那個地方很亂，我只讓她看，不會讓她離開視線。」劉傾夏闔上眼睛假寐。

見狀，祕書立刻識相地閉上了嘴。

夜色初降時，林眞一被帶上車，車子來回繞了幾圈後，才開進通往河邊的羊腸小徑。四周房屋漸漸稀疏，車子最後停在一處雜草叢生的荒地邊。

林眞一隱隱可以聽見不遠處有潺潺水聲，下游地區特有的河水腥氣直衝她的鼻腔。

車子外有人在等候，林眞一看了兩眼，要不是對劉傾夏的臉太過熟悉，她一定認不出那個在昏黃光線下嚼著口香糖、短上衣配破爛網襪的紅髮女子是誰。

劉傾夏打量著林眞一，看不出少女是否還在乎早上的爭端，只裝作無意地伸手幫她戴了一副墨鏡，又把她規矩扣著的襯衫多解兩顆釦子，「等等進去別叫我夫人，叫我姊就好。妳也記得不要跟別人說妳是誰，知道嗎？」

林眞一忍不住一直看著那頭漂亮的豔紅髮色。

劉傾夏五官端正，不笑時的神情總顯得清冷，但此刻配上那灼人眼睛的紅髮，就像從動漫裡走出的二次元角色，野得生人勿近。

她抿出一點笑意，「姊帶我來這裡做什麼？」

動畫人物張口就是威脅：「要把妳賣了。」

「夫人總是說可怕的話。」

「妳不是一直很想知道，我和林墨南到底在做什麼嗎？」劉傾夏站在門口對她勾指，「今天帶妳來看看，這是我們其中一個生意。」

林眞一抬腳跟進，門後傳來轟然呼喊，觀眾席的歡鬧聲與擂臺上的怒喝聲交織一起，雜亂地鑽進耳中。

劉傾夏裝成來下注的普通賭客，帶她一起坐到席上隱蔽的角落。

「這些拳手分成好幾級，越高級別賭金越高，用任何方法讓對手倒下不能再戰者，就是贏家。」劉傾夏一身裝束完美融進叫喊的觀眾人群裡，淡淡地指點她觀賽，「今天帶妳來看的，是比較特別的玩法。選手每場之間只能休息五分鐘，但如果下一場贏了，每贏一場獎金就是翻三倍。例如這場是三十萬，下一場就是九十萬，他一個人能拿走一百二十萬。不過，他的對手並不像他一樣是連續出場，他每贏一場，就要用受傷的身體面對體力充足的敵人。」

林眞一看著擂臺上打紅眼的拳手，目光沉著，「姊爲什麼來帶我看這個？」

劉傾夏精緻的側臉轉過來，畫了濃厚眼影的眼睛美得炙人，「人都會有貪念，也容易高估自己的能力。妳繼續看，看他能夠打贏幾場？」

林眞一往後靠向椅背，靜靜看那人贏下第一場，雙目赤紅地答應了主持人打第二場的邀約。

第二場比賽他仍然打贏了，可是腰間挨了對手重重一腳，側腹泛出大片蛛網般的青紫。

主持人的吼聲透過麥克風傳遍全場，指揮著觀眾起鬨，終於，男人又在喧囂之中答應了第三場比賽。

此時劉傾夏的菸癮有點上來了，可是不想當小孩面前抽菸，只是叼著菸，「這種比賽到目前爲止，沒有一個拳手提前退出。」

林眞一轉頭看她，雖然近在眼前的那張臉讓她有點心不在焉，腦子卻沒有因此停下，「但也沒有一個活著拿走獎金，對嗎？」

第三場體力耗盡的拳手動作遲滯，一個扭腰閃避的動作牽扯到傷處，只是慢了那麼一點點，就被對手一腳踢到、撞上了邊界，吐出一大口血。

對手沒有猶豫，下一腳直擊頭部，拳手一聲不響就此倒下。

劉傾夏伸手把林眞一的臉扳過來對著自己，紅唇白齒叼著菸，眉目在濃妝下豔氣逼人，「這是我送妳的生日禮物。妳這麼年輕，所有人都喜歡妳乖巧的樣子，但妳要記得，心存僥倖的人走多夜路，還是會遇到鬼。妳看過人家的下場，就該知道這些不乾淨的東西、不乾淨的路，妳一點都不該碰，例如仗著模範生身分做壞事。」

林眞一沒辦法不看那雙眼，悄聲問：「可是妳呢？我想跟著姊，姊不就是做這些的嗎？」

劉傾夏眼神一暗，正想回話，這時有人匆匆走到主持人身邊，主持人立刻臉色大變，透過麥克風大叫——

「警察！」

方才因爲選手倒下而沸騰的觀眾席，詭異地靜了一秒，又馬上炸開紛亂的腳步聲和叫喊聲。

「快走！」劉傾夏一把拉住林眞一，然而因爲她這次僞裝的身分，沒有多帶保鑣，兩個纖細的女子在人群裡幾乎要被擠開。她當機立斷，抓著林眞一跑到角落，兩人一起擠進一個藏在大櫃子後的窄小隔間縫隙。

心跳抵著心跳，林眞一幾乎不敢呼吸，柔軟的胸口不斷擠壓，藏在心底最深處見不得光的雜訊像調對了頻道，忽然放大了無數倍，殘忍地清晰起來。

想要抓住夫人，再更靠近她一點。

燈突然滅了。

黑暗洶湧地蒙上眼睛，驚慌的呼聲遠遠傳來，劉傾夏知道這是管事的人切斷了電源，讓那些不好露臉的貴客有機會逃走。她平靜地思索著逃離的路線，但林眞一似乎有些不安，隱隱往她的方向靠來。

「別怕，我會帶妳出去。」她說不出什麼軟言安慰的話，只能輕輕地把女孩攬過來一些。

實在太暗了，劉傾夏沒有看見咫尺距離的女孩，此刻正露出一個無辜又黑暗的乖笑。

林眞一抬起手，墨鏡讓她在這樣的光線下依然能清晰視物，指尖緩慢地滑過劉傾夏紅豔的唇。看到素來鎭靜的夫人眼睛倏然放大，林眞一想要拽住對方手腕，但手滑了開沒有抓牢，反而讓自己滾燙的指尖擦了過去。

冷血的蛇不慣被碰觸，嘶聲道：「妳在做什麼?別碰我。」

林眞一只是笑，「爲什麼要躲?」

漆黑裡，視覺都失靈了，胸口緊貼的距離裡只能感受到溫度，觸覺越來越鮮明。林眞一摸索著，不顧劉傾夏的閃避，找到她後腦戴著假髮的間隙，把那頭紅髮脫了下來。

黑髮在指縫間披散而下，她可憐兮兮地、無比甜蜜又無比陰險地問：「我現在在夫人面前，沒有做小孩的資格了嗎？」

遽縮的瞳孔慢慢熟悉黑暗，劉傾夏望著那張肖似唐純媛的臉，一時不知道如何反應。

林眞一的手指梳過她散落的黑髮，聲音很輕，「夫人以前對我很好。」語氣裡帶上了委屈。

劉傾夏表面上不動聲色，心裡卻很不適應林眞一莫名的侵略感。她本能地覺得林眞一越線了，但到底越了什麼線，她一時之間卻也說不上來，遲疑半晌才冷冷反問：「現在對妳不好嗎？」

林眞一發現自己似乎誤打誤撞，摸到了某種和劉傾夏相處的門道，於是試探地又放軟了聲音，「可以再好一點。」

劉傾夏心裡本來就隱隱作祟的愧疚感，一下子快要潰堤。

她知道自己對林眞一很凶，也告誡過自己千萬不能心軟，可是面對少女突然的示弱，她還是束手無策，本能地想以保護者的姿態去哄對方，可是嘴上還是冷冰冰地回應：「那妳也得表現好一點。」

林眞一笑得太開，露出過於尖銳的虎牙，「我會表現很好的，夫人。」

也許是隔著墨鏡朦朧不清，劉傾夏總覺得林眞一看她的眼神莫名有些曖昧……她繃著臉，心跳快得一蹋糊塗。

想什麼呢？林眞一是她名義上的女兒，和她差了十六歲，即使只是下意識的短短一瞬，她也覺得自己是瘋了才會有這些骯髒衝動。她已經爲了這些不該有的慾念付出足夠多的代價，光一個唐純媛還不夠她學會教訓嗎？

思及此，劉傾夏驀然別過臉。

林眞一讀不懂她突然的表情變化，低聲喚道：「夫人？」

下一秒，劉傾夏拾回冷硬的外殼，抬手狠狠揮開林眞一還放在她髮邊的手。

空間太過狹窄，林眞一手背登時撞上牆壁，馬上迸出了血絲。

兩個人同時一愣。

林眞一臉上的柔軟一點一點褪盡了。

劉傾夏有些後悔，卻又不能不冷著臉說：「注意妳的態度，妳以爲妳可以用這種口氣對我說話嗎？」

她沒有再管林眞一的反應，一手緊抓著少女的手腕，推開遮擋住她們的箱子閃身出去。

拳場管事的人已經將警察引到另一邊，把逃生路線留給客人們。

劉傾夏熟悉拳場的每個出入口，很快循著一條不起眼的暗道，藉著黑暗掩護逃了出去。

祕書非常機警，看到警察來時已經做好了準備，把車子開來，停在隱蔽的草叢之後。

劉傾夏正想拉她過去，眼角餘光卻掃到一道人影，猛然停下。

這裡只有一盞快要熄滅的路燈，光線昏暗，那人也只是一閃而過，可她分明看見了——那張在噩夢裡出現了百遍的臉。

劉傾夏全身的血液都涼下來，不知不覺鬆開林眞一的手，舉步追上去，林眞一想跟上，卻被她甩開手。她厲聲對女孩說：「待在這不要動！」

草叢太茂盛，幾乎都和人等高，她追了好一段距離，直到河邊水聲越來越清晰，回過頭，已看不到來時路。

四周靜得可怕，只有水聲淙淙，她好像又回到那天晚上，夜光黯淡，女孩的哭喊隱在草叢之間，那雙染了血的腿徒勞地撲騰掙扎。

劉傾夏幾乎喘不過氣，厲聲喝道：「出來！你是李騰光吧？你來做什麼？」

沒有人回應她。

她面色越來越慘白，十一月的河濱冷風捲過她短裙下赤裸的雙腿，帶走所有溫度。她已經很久、很久沒有這種渾身發抖的無力感，像是一瞬間又變回那個手無寸鐵的十六歲高中女孩。

劉傾夏用力咬住下唇，逼自己冷靜下來。

她已經不是小孩了，不再是那個眼睜睜看同伴被傷害，卻什麼也做不了的人了。

她打給林墨南，簡單說明一遍情況，林墨南那邊不知道在做什麼，聲音斷斷續續，居然還有點喘，「妳等我問問看，先別掛……嗯，警方那邊的朋友說，電子腳鐐的信號沒有異常狀況，妳會不會是看錯了？」

不等她多問，林墨南那邊傳來一陣嘈雜，電話掛斷了。

她沒有再打一次，而是面向藏在黑暗裡搖動的陰影，定定地說：「李騰光，你敢再傷害她們，我不管你爸是不是很有勢力，這次就算會坐牢，我也一定會殺了你。」

然而河邊只有風冷酷的吹拂，沒有任何人跡。

劉傾夏轉身穿過草叢回去，走回車子等待的地點時已經冷靜下來。她沒有向林眞一解釋剛才舉動的意思，而是直接將女孩塞進車裡，對祕書說：「我去找拳場管事的人確認狀況，妳先送她回家，明天開始上下學都由妳接送。」

林眞一嗅到了不對勁，「爲什麼？」

劉傾夏一手撐著車門，低下頭看林眞一，妝容與陰影襯得她的豔麗格外強悍冷酷，「妳不需要知道，我會處理。妳只要保護好妳自己，懂嗎？」

她直起身關上門，擺手示意祕書駛離。

林眞一看著她站在原地目送她們離去，接著打開手機。

她剛剛並沒有乖乖聽話留在車邊，追去草叢裡時聽到劉傾夏說的最後那句話，還有那個名字，李騰光。

他是誰？

林眞一換了好幾個同音字才搜到有意義的結果，那是個標題聳動的社會新聞：〈女高中生慘遭市長候選人之子性侵〉。

新聞將犯人形容得罪大惡極，但新聞照片上的臉十分清秀。因爲他的罪行，原本呼聲很高的父親沒能當選市長，雖然在官場上還有些勢力，卻只是不上不下的位置，與往日榮光相差甚遠。

林眞一想到劉傾夏剛剛的那句話——

「你敢再傷害她們……」

「她們」是誰？她連續看了好幾則新聞，但基於保護被害人的原則，都沒有透露高中女生的身分。

也許是十一月的天氣太冷，她原本就冰涼的血液又冷了下去，不祥的感覺陰涼地沿著脊柱竄升。

她想到劉傾夏說，她的血有一半是髒的，髒的是生父。

想起剛剛劉傾夏要她小心的反應，還有新聞上清晰標示的年份，正是十六年前，和她的年紀一樣……是巧合嗎？

林眞一眼底原本藏得很好的陰影凝成了冰，森森淌著霜雪。她想到了一個可能性，而這個可能性令她作嘔。

如果是眞的？

不能是眞的，她得想想辦法查證。

同一時間，夜色都市的另一端。

林墨南側趴在床上喘息，黑髮散在漂亮的肩胛骨上，像一隻被釘在床上的蝴蝶標本。

一隻手伸過來想要拉他，「去洗個澡吧。」

他的臉埋在被裡，低低道：「我想先睡一下，你先走沒關係。」

那隻手頓了下，幫他拉上被子後才縮回去，慢慢扣好襯衫繫回領帶，最後戴上了眼鏡，回到原本端莊正經的江特助形象。

走出門口前，江特助回過頭，對林墨南很輕又很快地說：「我聽到一些風聲……白的勢力平定下來後，黑手套就得被洗掉了。你和劉傾夏小心點，不要變成被唐家丟掉的棋子。」

林墨南懶洋洋翻了個身，「唷，江特助怎麼這麼好心提醒呢？」

「我們現在已經是這種關係……」

林墨南哼笑一聲，「江特助原來竟然是個戀愛腦嗎？放心，下了床，在外面我們就是陌生人，你不需要給我任何無償利益。」

畢竟年齡差、性別，還有高官特助和黑道的身分差異，隨便一個拿出來都夠媒體寫上三天三夜，所謂的關係只能在床上存續，連賓館大門都出不了。

這算哪門子的關係？

江特助無話可答，只是輕嘆一口氣，迅速開門走出。

第三章 替代品

這幾天放學時，林眞一和往常一樣走出校門，但視線總會在來往的人群中迅速逡巡。

想要查明眞相不能從劉傾夏那邊下手，夫人的態度已經很明確，不可能與她多說，她只能從另一端的李騰光查問。既然他可以找到拳場那種地方，若他的目標是她，找到學校對他來說應該不難。

只要留一條釣線，魚應該就會自己上鉤。不過，貿然接近太過危險，她畢竟還不知道李騰光找她的眞正目的。

這幾天，她仔細查找過往新聞，李騰光當初對被害女學生的手段十分凶殘，差點要了對方性命，坐牢期間更是與獄友衝突不斷，甚至屢屢逃獄。他在假釋期間犯下猥褻等性犯罪，刑期居然硬生生被加到了十六年，聽上去簡直天方夜譚。

她環顧四周，人群裡只有嘻嘻哈哈走過的學生，沒有任何異常。

今天依然一無所獲。

林眞一坐上祕書的車，車裡殘留的熟悉木質調香味比往昔濃厚許多，她眼睛一亮，「夫人回來了嗎？」

祕書從後照鏡看她一眼，笑出來，「鼻子眞靈。我剛剛才送夫人回家，她應該明天才會再出門。」

林眞一實在太少見到晚餐時間就回家的夫人了，滿心期待都被點燃，但想到拳擊場上劉傾夏揮開她的舉動，原本高高翹起的嘴角又有些黯淡地垂下……不知道她消氣了沒有。

到家門口後，林眞一的心臟就開始喧鬧。即使她懷著心事，藏不住的喜悅仍點綴在眼角眉梢，那麼明顯、那麼幼稚，那是喜歡一個人的表情。

她努力壓下唇角讓自己看起來成熟些，推開了眼前的大門。

大門一開，她就聽見廚房傳來乒乒乓乓的聲響，氣勢磅礴，比起做菜更像是跟人在打架。

她放輕動作換鞋，踩著不會發出聲音的軟拖鞋走到飯廳門口往裡看，料理檯上一團混亂，濃郁的燒焦味直衝鼻腔。

劉傾夏正試圖把一團焦黑難辨的食物從黏住的鍋底弄下來，鏟子在鍋緣敲著，震耳欲聾。

再一次失敗後，劉傾夏氣得把鍋子扔進水槽，卻又不慎沾濕長袖袖口，於是低罵一聲。

林眞一忍不住笑出來，終於走上前，「我來吧。」

劉傾夏嚇了一跳，轉過頭，白皙的臉蛋上殘存剛剛用力過度的紅暈，給平常冷漠的氣質增添了一絲人氣。

林眞一先幫她挽起兩邊袖口，挽到一半，動作忽然停下。

劉傾夏的右臂有一道劃傷橫過關節，難怪她剛剛動作有些笨拙。

林眞一捧著那條雪白的手臂仔細檢視，傷口顯然沒有好好處理過，邊緣微微泛紅腫脹。她心疼地皺緊眉，「夫人，請等我一下。」

「小傷而已，幹麼大驚小怪？」劉傾夏目送林眞一跑開，在後面喊了一句，看到她緊張的模樣不由失笑。

林眞一拎著醫藥箱跑回來，用生理食鹽水沾濕棉花棒，棒端卻懸在傷口上遲遲不下手，「我會輕輕的，會痛要和我說。」

她抬眼時，小心翼翼的眼神像隻幼犬，唯恐爪子力道重了傷到主人。

劉傾夏不習慣與她這麼親近，尤其拳擊場上衝突的尷尬氛圍還沒散盡，於是屈指彈了一下少女的額頭，「我不是小孩，不用哄我。動作快點，我餓了。」

林眞一的動作果然極盡輕柔，清理完傷口又用優碘消毒，劉傾夏果然一聲都沒吭。她按著那雪白光滑的皮膚，卻有些心猿意馬。

她一面心疼傷口，一面又讚嘆肌膚完美的光澤，思緒轉得飛快，但臉上仍極力克制著不露痕跡，慢慢塗上擦傷藥膏。

林眞一專注低頭，沒看見劉傾夏望著她時，慢慢軟化的眼神。

她長年在外奔波，受點小傷、生點小病是家常便飯，林墨南雖也會關心她，然而戰友間的關心畢竟點到即止，是成人對成人常溫的禮儀。

而林眞一不同，她捧著劉傾夏手肘的神情，像孩子心疼最心愛的玩具被弄壞了，關心裡滿滿都是滾燙的熱情。

林眞一看她的眼神，好像她眞的有多重要似的。

「會很痛嗎？」

她的視線落在林眞一正爲她包紮的手，不答反問：「妳的手，也很痛嗎？」

林眞一本能地想藏起傷口，但劉傾夏已經緊緊抓住她的手，露出在拳場被揮開時撞上牆壁的傷痕。大片的擦傷痕跡和瘀青蔓延在雪白肌膚上，對比明顯，看上去比實際的傷勢更怵目驚心。

林眞一盯著她，忽然一笑，「妳在乎嗎？」很痛，一直都很痛，可是她早已習慣不說，因爲這個拼湊起來的家庭容不得她示弱。

林墨南雖然會表露關心，但那關心僅止於表面，更像是看到寵物狗不開心時會去逗兩句，不是時時刻刻的在意。劉傾夏更是從來不會和她聊天，連訴說心情的機會都沒有，更別提展露一絲一毫的在乎。

沒有誰眞正把她放在優先順位，沒有誰會因爲她受傷而擔憂緊張，她對這個世界來說，好像是多餘的。

「如果有人會在乎，痛才有意義。」她望著劉傾夏的眼睛，溫柔地說。

劉傾夏像是怕被那溫柔燙傷，撇開視線。少女出乎意料的話把她腦子攪得一團混亂，藏在舌下的話幾番猶豫後才吐出：「抱歉，弄傷了妳。」

林眞一爲她貼上透氣繃帶，仰起頭，慢慢微笑道：「沒關係。」

雖然比起道歉，她寧可劉傾夏說的是：她沒有不在乎她。

幾秒的沉默後，林眞一轉了話題，「這是怎麼弄傷的？」

劉傾夏面不改色回答：「路上撞到東西時刮到的，沒事。既然妳回來了，換妳煮吧，我今天在家吃。」

林眞一喜出望外，暈乎乎地衝去廚房接手鍋裡的失敗品。

劉傾夏晃到旁邊倒水喝，意外發現是自己喜歡的蜂蜜檸檬味。她晃一晃杯子，看著林眞一從容俐落的動作，有一絲微妙的氣惱感。

她向來不太會煮飯，三餐都是靠外送，而林眞一才十六歲，這些事情居然比她擅長得多……

算了，被照顧的感覺雖然奇妙，但不用動手也好。劉傾夏一邊胡思亂想，一邊不太自在地活動被包紮好的手。

她對林眞一說謊了，手其實是在幾小時前的唐宅書房裡傷到的。

書房寬大的扶手椅上，兩鬢斑白的男人即使是居家裝束也仍是襯衫西褲，背脊挺直，眼神犀利，「爲了李騰光的事，警隊這陣子幫了我們不少，總得還個人情給他們做業績，妳的拳場最適合。」

劉傾夏坐在男人對面，雙腿優雅交疊，血紅的高跟鞋襯著血紅的唇彩，豔麗動人，「唐老，這當然沒問題，但至少得先知會我一聲吧？如果沒有準備，不小心被查到不該有的東西，我會有點尷尬呢。」

「尷尬？」唐老喝茶的手停了一下，繼續說：「如果不做違法的事情，就不會尷尬了，對吧。」

劉傾夏還是笑得明豔，心裡只覺得作嘔。那些勾當，哪一項不是在他授意下開始的？說得好像是她主導一切一樣。

唐老像是沒有察覺她的反感，轉移話題道：「前陣子妳去精神病院看純媛了，她還好嗎？」

「唐老什麼都知道，何必問我。」

唐老明明坐著，眼神卻像是俯視她，「妳欠我們家一個正常健康的女兒，我當然得問妳。我還聽說林眞一那孩子也去了？如果我讓她知道她媽媽爲什麼會變成這樣，她會有什麼反應呢？」

聞言，她語氣頓時嚴肅起來，「你們別把這些東西讓眞一知道，她只是個孩子，沒有必要攪進這些往事裡。」

唐老不置可否，劉傾夏臉上的笑越來越涼，緩緩站起身。她不想再裝作什麼都不在意，俯身輕聲說：「我並不是什麼都不知道，您以爲想要殺眞一的保母，我查不出幕後主使是誰嗎？是誰不希望唐家被發現出了一個未婚生子的女兒？」

房裡的氣氛瞬間凍結。

劉傾夏頂著面具般的妝容，看上去精緻而森涼，「唐家不想被人知道的祕密，我會好好保守。同樣地，有些事情實在也不必讓小孩子知道，唐老肯定懂我的意思。」

唐老瞇眼看她，猛然起身重重推她一把。

劉傾夏穿著高跟鞋重心不穩，撞到旁邊的書櫃跌落在地，手肘被突出的一小塊鐵皮刮出一道長痕。

唐老居高臨下地審視她，「妳還記得，我們決定收養妳時和妳說了什麼嗎？」

劉傾夏當然記得。

那時，她還只是個話都說不清楚的小女孩，父母不詳，偶然在流浪的路途中遇到唐家夫婦這對政要名流來附近做公益。她餓昏了，竟然向兩人乞食。

唐夫人在跟拍的記者面前，憐憫得一把鼻涕一把眼淚，當下就決定收養她。

她原以為自己從此可以安頓下來，不再需要忍受顛沛流離的生活，但梳洗完換上新衣服後，唐老把她帶進書房，像今天一樣細細打量她的臉，滿意地微笑道：「妳長得眞美，這張臉以後會有很多用處。妳要記得，我們給妳這麼好的環境，妳長大後一定要回報我們。」

數十年光陰過去，此刻的唐老依然是一樣的眼神。

「我眼光沒錯，妳到現在依然很美。我們讓妳平安長大，讓妳在外頭能夠被尊稱一聲夫人，現在妳幫唐家做事報答我們，天經地義，希望妳不要忘記，也別浪費了妳這張臉。」

劉傾夏原本只是面不改色地聽著，最後才輕輕笑出來，「放心，就算是爲了純媛，我餘生也會爲唐家效命。」

「夫人，主餐想吃什麼？我昨天去超市買了很多肉。」

劉傾夏被拉回心神，突然起了想逗少女的玩心，毫不客氣點了牛排，猜她做不出來。

林眞一竟然眉頭都不皺一下，「牛排解凍要一些時間喔，夫人可以等的話沒問題。」

劉傾夏愣了幾秒。她開冰箱的次數少得五根手指可以數出來，眞的沒預料到家裡連牛排都有，「沒關係，我可以等。」

煎牛排的香氣勾誘著食欲，劉傾夏本來想邊處理公事邊等，這下子注意力全被吸引過去，索性放下手機。

林眞一的背影看上去十分纖細，漆黑的直髮散落背後，從這個角度看上去，更像她母親了。

女孩最後呈上牛排，是劉傾夏最愛的三分熟。

她迫不及待地咬下。混雜血腥的飽滿滋味瀰漫在唇齒間，這時她才想起，自己什麼時候跟林眞一說過她愛吃幾分熟？

林眞一見她停止咀嚼，遲疑地問：「不好吃嗎？我以前看過夫人牛排點三分熟，不知道現在還是不是一樣的偏好。」

所謂的「以前」，已經是兩、三年前林墨南生日時請她們吃飯的場景，劉傾夏沒預料女孩還記得這種瑣碎細節。

劉傾夏用紙巾擦一下嘴，慢條斯理道：「滿好吃的。」

林眞一露齒而笑，在劉傾夏面前坐下來。她吃得心不在焉，滿眼都是劉傾夏專心咀嚼的樣子。

因爲是在家裡，夫人格外放鬆，雙頰吃得鼓鼓的，比起平時完美的豔色，林眞一更喜歡夫人因爲滿足而瞇起的雙眼，可愛到讓她都忘記移開視線。

劉傾夏很快就吃完牛排全餐，滿足地舔著唇角，「牛排跟配菜都做得很好吃，謝謝。」

「如果夫人喜歡，我每天都可以準備。」

劉傾夏聽出這言下之意是要她多回家，不由得失笑，「小孩，妳的時間不用花在這裡，好好念書就好。」

劉傾夏拿起碗盤準備去洗，眼看她就要走，林眞一情急之下脫口而出：「可是我想讓夫人開心。」

劉傾夏愣了下，接著走近少女。

林眞一從對方眼裡看到自己惶然的倒影，那雙深黑的瞳孔像漂亮但虛無的夜空，而她是那顆無藥可救的流星，想燒盡自己來換劉傾夏眼裡的一瞬光芒。

劉傾夏居高臨下地看她，空著的那隻手指腹停留在她臉側，乾燥的指尖輕輕摩挲，帶起一陣深入骨髓的顫慄，「我不用妳特別做什麼，妳……好好長大就好。」

直到劉傾夏打開水龍頭沖淡滿室安靜，林眞一才緩緩吐出憋住的那口氣。她抬手摸一摸耳垂，不用照鏡子都知道此刻耳朵有多紅。

劉傾夏洗完自己的杯盤，回頭看林眞一還半滿的盤子，「妳慢慢吃，這麼瘦，人家會以爲我沒好好照顧妳。」

確實是沒怎麼照顧啊。林眞一在心裡叨念一句，接著目送劉傾夏走回房間，關上門。

隔天早上起床時，劉傾夏居然又已經出門了，林眞一只得自己吃完早餐，趕去上學。

這天放學後，林眞一一樣逗留在校門口，人群裡一張張神情各異的臉孔在眼裡迅速掠過，視線掃過一角時，她微微一顫。

找到了。

那個身處人流外圍、壓低鴨舌帽的身影，臉孔隱在陰影裡，早已沒有當年入獄時的翩翩少年風貌。

她隔著人潮對上他的眼，男人有一雙像困獸般的眼睛，執著而瘋狂。

祕書從車裡探頭出來，「怎麼了嗎？快上車吧。」

現在不是個好時機。林眞一垂下眼，趁祕書縮回車窗內時，做了個如果他正看著她一定會察覺的明顯手勢。

一分鐘後，車子開走。

男人猶猶豫豫地靠近，循著林眞一手示意的地方看去，在不起眼的牆角上，有一串匆匆用粉筆寫下的手機號碼。

回到家後，林眞一像往常一樣開始準備料理三餐，出乎意料地，當她剛坐下要開動時，家裡十天半月才出現一次的女主人再次回來了。

林眞一驚愕地看劉傾夏走進來，甜膩的香水味裹著濃烈酒氣撲鼻而來，總是犀利有神的眼睛蒙上一層亮晶晶的水霧。

女人脫去高跟鞋、由下往上抬眼看林眞一時，眼尾透著自己並沒有察覺卻渾然天成的媚意。

「夫人喝醉了？」她快步上前，扶住腳下虛浮的女子。

劉傾夏一把掐住她的臉，笑嘻嘻問：「妳怎麼知道？」

「因爲只有這樣，妳才有可能會對我笑得那麼開心。」

女人眼神微微一暗，任憑林眞一扶她坐下，又迅速去拿醒酒藥。

「怎麼會喝得這麼醉？」

劉傾夏咬著指甲，看上去很是孩子氣。其實只是再普通不過的應酬，只是惦記著那個潛藏暗處的人、惦記著唐家那些骯髒的買賣，心事重重之下，向來酒量不錯的她存心想把自己灌醉來緩解心事，才會有了今晚喝醉的狀態。

林眞一遞上醒酒藥的手還來不及收回，忽然被劉傾夏抓住。

從前劉傾夏喝醉時，能不回家就不回家。雖然她不是什麼慈祥的養母，但還是艱難地維持最低標準的母親形象，下意識地不想在林眞一面前暴露自己爛醉如泥的一面。

然而昨晚短暫的相處時光，好像在她向來只有工作的腦中，描繪出一個「家」

的模糊形象。林眞一捧著她受傷的手，那麼珍視地爲她包紮，好像她有多重要一樣。

她想回來這樣的地方。

劉傾夏低頭審視女孩的手傷，沒有注意到被自己抓著的手抖得多厲害。她醉得口齒不清，「還會、還會痛嗎？」

「夫人是心疼我嗎？我被夫人推開的時候，眞的很難過。」

酒精遲來的作用在劉傾夏腦中大肆敲打，敲得她頭暈眼花，只隱隱聽得出林眞一好像在撒嬌。於是她很自然地朝傷口吹氣，像在哄一隻鬧脾氣的寵物犬，「不痛了、不痛了。」

溫熱氣息拂過林眞一的肌膚，這些小動作過於曖昧，由那個平常都很強勢的人做起來更顯詭異，林眞一感到全身的雞皮疙瘩都竄起來。

劉傾夏卻還沒有察覺，抬手輕輕順過林眞一的髮，低聲道：「妳的眼睛眞漂亮。」

林眞一心裡的界線無聲綳斷，眼裡的陰影傾洩而出，心裡動搖的道德底線不斷塌陷，直至深淵。

「那妳想要我嗎，夫人。」她的聲音很低很輕，幾乎篤定醉酒的人不會聽清。

可是劉傾夏偏偏聽見了，酒意把這句話切割得七零八落才入耳。她打量一下林眞一，忽然笑起來。

「不想，養妳好累。」她用同樣的氣音回道，終於撐不過洶湧醉意，伏身閉上了眼睛。

林眞一知道劉傾夏這個醉鬼狀態根本沒聽懂，以爲她問的是想不想收養她。

劉傾夏孩子似的睡去，泛紅的臉頰抵在林眞一的腕間，濃睫寧靜棲息，睫毛膏和眼線液微微暈開。

帶著瑕疵的美麗，殺傷力最大。

林眞一微微喘息，像魔鬼突然掙出了封印，從前不曾體會過的情緒一下子奔騰而出，灼燒著要焚盡五臟六腑。

她知道這不正常，知道這樣的情感扭曲自私，但她此刻多麼希望和夫人的距離能再更近一些，最好夫人能夠完完全全屬於自己。

林眞一悄無聲息地望著劉傾夏熟睡的臉龐，指尖悄然探去，還來不及碰到，手機就震動起來，打斷她的小動作。

來電號碼並未顯示，林眞一臉上殘餘的柔軟一點一滴收了起來。她先小心翼翼把毯子披到劉傾夏身上，才走到房間裡關上門接聽。

「妳是林眞一嗎？」低沉的男嗓詢問。

「你是誰？」林眞一沒有直接回答。

電話兩端的人暗暗較量，好幾秒的沉默後，男人敗下陣來，「我是李騰光。」

她捏緊手機，「你找林眞一有什麼目的？」

「沒有目的。」男人忽然吞吞吐吐起來，「我聽說那個人……在我入獄之後生下了我的女兒，我只是想看她一眼。妳……就是林眞一，對吧？」

林眞一垂眸，渾身血氣上湧，牙齒咬緊到隱隱有酸澀的摩擦聲。

原來是眞的，竟然是眞的。

新聞上的那個高中女生後來生下了一個孩子，是這個男人一次犯罪行爲下，非自願的結晶。

難怪劉傾夏老是那樣說她，說她有一半的血是髒的，原來……原來她身上眞的流竄著那樣不堪的暴力因子。

男人大概猜到她想掛掉電話了，連聲懇求道：「拜託妳別掛斷！我沒有惡意，這麼多年在牢裡，自從知道妳的存在後，我就一直想著哪天可以看看妳。我不求妳叫我爸爸，只是想知道妳過得好不好而已！」

林眞一只覺得噁心，「是誰告訴你我在哪裡讀書的？」

「我不能說。」

「你怎麼有臉來找我，你以爲我不知道你做過什麼？我養母都已經叫你離我遠一點了吧？」

「現在是劉傾夏帶著妳對吧？不管劉傾夏和妳說過什麼，都不要相信她。妳根本不知道她以前做過什麼事情！」

林眞一本能地不想相信任何關於劉傾夏的壞話，手指已經懸在切斷通話的圖示邊，但李騰光的最後一句話勾起她注意。

她實在對於夫人的過去太好奇了，對方是怎麼長大、怎麼變成現在的模樣，這些事情從未有人對她說過……錯過這次機會，或許再也不可能知道了。

於是，她猶豫片刻，冷冷問道：「那你仔細說說看，她做過什麼？」

李騰光像是怕她反悔，連聲說：「好，我都和妳說、都和妳說！」

林眞一屏息傾聽，隨著他的描述，漸漸墜入時隔多年的故事。

唐家是地方上十分有名望的政治世家，在某次慈善活動的路途中，因緣際會領養了一個路邊的流浪女孩。當時的善舉被大肆報導，眾人對於唐家主事的夫妻都留下十分良好的印象。

當時沒有人想得到，被收養的女孩最後會成爲什麼樣的人。

她和唐家的獨生女唐純媛一起長大，唐純媛是典型的大家閨秀千金，劉傾夏卻越大越露出頑劣本性，蹺課逃學樣樣都來，和許多不乾不淨的人四處鬼混。

李騰光第一次見到她們之間的衝突，是在某次酒店的玩樂當中。

他當時自己也是紈褲子弟，交上壞朋友後，才國中的年紀就沾染上各種惡習。仗著父親是高官，闖出來的小禍都能被掩蓋，李騰光玩得越來越放肆，和劉傾夏臭味相投，常常一起四處廝混。

那天他們在酒店裡玩的時候，明顯不屬於那個地方的人跑來了。雪白的制服整齊紮進裙裡，明亮的眼睛眨呀眨的，一看就是所謂的好孩子。

劉傾夏指間夾著菸，似笑非笑地開口，李騰光這才知道那就是她曾經提過的唐家千金，「唐大小姐，妳怎麼跑來這裡了？這裡不是妳該來的地方，趕快回家找媽咪。」

「傾夏，爸媽都很擔心妳，快跟我回去吧。」唐純媛沒有管劉傾夏周遭那些狐群狗友的起鬨，靜靜直視她眼睛。

劉傾夏的眼底陰冷刺骨，「那是妳爸媽，又不是我的。好了，不用在那邊演這種假惺惺的戲碼，快滾吧。」

唐純媛不屈不撓地說：「我也很擔心妳，這種地方很亂，萬一發生什麼危險怎麼辦？」

那樣子誰看了都覺得楚楚可憐，但劉傾夏卻放聲大笑，「說得那麼恐怖，大小姐來這種地方眞的委屈妳了。那就求我啊，誠心誠意地求我，說不定我會願意跟妳回去呢。」

唐純媛自然不願意這麼低聲下氣，但也不願意就此退縮，固執地站在原地。那雙晶亮的大眼睛就這樣看著人，直到劉傾夏終於失去耐性。

她抓起桌上的菸灰缸，在眾人驚呼裡砸過去，玻璃缸擦過唐純媛的額頭，在她腳邊碎了一地。

鮮血從女孩的額角流下，李騰光和其他人一見到她流血都驚慌失措，唯有劉傾夏和唐純媛兩人冷靜異常。

劉傾夏走到她的面前，手指輕撫過傷處，指尖沾上了血，「妳怎麼就是這麼不聽話？」

唐純媛還是一樣的話：「跟我回去，好不好？」

劉傾夏沉默了下，居然就這樣跟她回去了。

後來唐純媛漂亮的額角留了道疤，而從那天起，唐純媛經常會跟著劉傾夏來到各個遊樂場所。她從來不會參與對話，只是靜靜坐在一旁，直到劉傾夏拗不過她，不耐煩地起身和一群朋友說要先離開。

漸漸地，劉傾夏對唐純媛的態度不再那麼粗暴，甚至到了後來，顧及唐純媛的心情，她來這種聚會的頻率也少了起來。

但李騰光對柔弱清秀的唐純媛起了歹念，他懶得花心思追求這種看起來就高高在上的女生，直接開口要劉傾夏幫忙約唐純媛出來。

出乎意料地，劉傾夏拒絕了他，拒絕的理由竟是——

故事聽到這裡，林眞一倏然打斷，「好了，就說到這裡就好。」她手心都是黏膩的冷汗。

李騰光緩了聲調說：「我知道妳很難接受，但我畢竟是妳的生父，我只想讓妳知道，妳現在是跟著多麼危險的人。劉傾夏是毫無底線的人，更沒有所謂的道德感。她之所以會拒絕我，不是因爲她有多反對我做這種事情，而是因爲她喜歡上了唐純媛。」

林眞一沒有回答，只聽著李騰光沉重的聲音從電話另一端傳來，「妳覺得妳的養母對妳眞的好嗎？劉傾夏後來喜歡上了唐純媛，而妳，雖然我只是遠遠看過妳的樣子，但妳和年輕時的唐純媛眞的幾乎一模一樣。」

寂靜在電話兩頭蔓延開來。

林眞一語調依然平穩，嘴裡卻已咬出血痕，「如果是那樣，爲什麼唐純媛還會落到你手上？」

李騰光的話像毒蛇一樣遊進她耳內，「我原本也以爲沒機會了。直到有一天，劉傾夏突然醉醺醺找到我，說唐純媛拒絕了她的告白。既然唐純媛不願意和她在一起，她也不要保護她了，隨便我玩。她說可以幫我把唐純媛騙過來，還給我喝了一種摻了催情藥的酒。我那時候太年輕、又無法無天慣了，一時衝動……」

林眞一胸口劇烈起伏著，從未體會過的情緒波動竄遍全身。她想證明李騰光說謊，但是劉傾夏過往的舉動一一在腦中浮現。

如果是基於對唐純媛的愧疚與舊情，那麼劉傾夏之所以會這麼護衛唐純媛，又不准她喊自己媽媽，這些舉動就說得通了。

「她酒醒後發現自己做了什麼，整個人都崩潰了，我也是在藥性退去清醒後，看到唐純媛的模樣時，非常後悔……」李騰光的聲音劇烈顫抖起來。

然而林眞一已經沒在聽他說話了，她冷靜地壓抑血液裡沸騰的狂暴，在房間裡來回走動。

劉傾夏確實是爲了唐純媛才收養她的。看來就連剛剛說她眼睛長得漂亮，那句動搖她心臟的讚美，誇的根本就不是她，而是記憶裡年少天眞的唐純媛。

還有剛剛劉傾夏那點溫情的態度，八成是酒後把她誤認成了唐純媛。隨手給的一根狗骨頭，她視若珍寶地咬得死緊，最終才知道，那根本不是給她的禮物，是她一廂情願，自作多情。

林眞一用力深呼吸了一次又一次，最後仍是轉過身，把還在通話中的手機狠狠砸在牆壁上。

手機慘烈地摔出一堆零件，孤零零躺在地板上，陣亡了。

她看上去依舊文靜的臉上面無表情，像一隻沉默舔舐傷口的孤狼，不能露出一點軟弱。

等她終於眞正冷靜下來走出房間時，劉傾夏還在沉睡著，手機砸落的巨響也沒能吵醒酒醉的她。

林眞一走到她身邊，俯下身。

醉成這樣，如果自己想要做些什麼的話，她也完全反抗不了吧？可是即使這樣，林眞一依然不想傷害劉傾夏。她還記得看到劉傾夏手上傷口時的心情，是如此心疼、爲對方擔心。

她說不清自己對於劉傾夏的感情到底算什麼，在她成長的歷程裡，家人是一個太模糊的概念。相較於爸媽的角色，林墨南和劉傾夏更像是確保她能好好活下去的安全網，而不是親情的提供者。

從開始有一點性別意識的國小時期，她就深刻察覺到，自己並不像其他小女生一樣，會對班上帥氣的男孩子有任何悸動。相反地，每一次小女孩們神祕地透露著彼此的心上人是誰時，她腦中浮現的第一個身影就是劉傾夏。

她甚至還慎重地和朋友確認過，所謂的「心上人」是什麼意思。朋友認眞地回答她：「就是妳想起他時會想笑，想要一直跟他待在一起，而且希望他除了妳以外，都不可以跟別的女生說話。」

林眞一覺得很符合她對劉傾夏的想法，於是在她小小的心裡，擅自把對方定位成了自己的心上人。

然後是更大一點的國中年紀，對所謂的愛情有了更多理解後，她才後知後覺地感到驚慌。

喜歡女孩子是很孤單的一件事。

她不能與任何人分享，得不到任何人的祝福，何況她喜歡上的是自己的養母。她們之間隔的不只有性別和年齡差距，還有法律上的母女關係。

但聽到那些陳年往事後，她壓抑的情感此刻如煙花叢叢爆炸。既然劉傾夏也喜歡女生，也喜歡唐純媛這張臉，是不是代表她的那些隱忍根本沒有意義？

反正劉傾夏待她好或待她不好，都是因爲唐純媛，和林眞一本人並沒有太大的關係。

「我寧可妳討厭的是我這個人，而不是因爲心疼唐純媛才討厭我。」林眞一低語。

但劉傾夏還在睡著，對她的話無知無覺。

隔天，劉傾夏醒來時發現自己已經躺在床上，身上還穿著昨天的衣服，被酒醉的她壓得亂七八糟。

她皺著眉，完全想不起來昨晚喝醉後發生過什麼事，只好放棄地撐著宿醉的頭疼去浴室梳洗。

今天外頭還有事情要處理，她趕著打理好自己，披上俐落的火紅短版西裝外套，配上黑色寬褲，對鏡子草草順了兩下頭髮。

果然有了年紀，儘管五官依然精緻，素顏時蒼白的臉色和黑眼圈若沒有妝容遮掩，一眼看去仍是怵目驚心。

劉傾夏嘆口氣，迅速畫個淡妝，又點了根菸提神，這才走出房間。

今天是週末，林眞一背對她坐在餐桌前，她不以爲意，正探手想要拿一瓶可樂當早餐，動作卻突然頓在原地。

林眞一長髮如瀑，神情淡然，看上去和平日無異，唯一不同的是，她穿著劉傾夏再眼熟不過的制服——那是她和唐純媛高中時的制服。

「這件衣服是哪來的？」劉傾夏口氣很冷。

即使已經做了心理準備，林眞一仍然覺得心口很涼。前兩天的和睦相處彷彿都是幻影，輕輕一句話，她們的關係就又回到原點。

林眞一淡淡揚唇，「昨天把夫人抱回房間時，想著難得進夫人房間，忍不住好奇看了眼衣櫃——沒想到夫人這麼念舊，連高中制服都還留著。」

她轉身朝向劉傾夏，讓劉傾夏看清制服上的名字，「而且，居然還不是夫人的，是叫唐純媛的一個女生的制服。」

林眞一站起來走向她，微笑地望著劉傾夏的眉間微擰。

劉傾夏冷冷開口：「這個名字是林墨南跟妳說的？」

「去精神病院的時候我就知道了，還是您有什麼理由不能讓我知道我媽是誰？」這是她第一次稱呼唐純媛爲媽媽。

劉傾夏抿著嘴，感受到小孩似乎隱約在鬧什麼脾氣，但她不想管，只是簡潔地命令道：「脫下來。」

「爲什麼呢？這可是我媽媽的衣服啊。」

劉傾夏遽然向她伸手。

林眞一以爲她要直接扯下衣服，本能地想眨眼避開，卻聽見嘶啦一聲，劉傾夏把菸摁熄在她背後的牆面上。

赤腳的女人不得不仰起頭才能和林眞一對視，距離近到兩人胸抵著胸。她冷聲問：「妳她媽的在和我玩什麼把戲？」

「夫人不喜歡這樣嗎？可惜，我還以爲這樣可以讓妳想起我媽。」

劉傾夏的銳利的表情終於變了，「妳扮成她要做什麼？妳以爲這樣就能模仿她嗎？」

「妳是不是喜歡我媽？」

突兀的問句一出口，劉傾夏的表情看起來像是挨了一刀子。掙扎的情緒從臉上一閃而過，好幾秒後，她才低聲問：「妳從哪裡聽來這些東西？」

林眞一不答，只是凝視著夫人慘白的臉蛋，喃喃地說出淬了毒的句子，「妳眞噁心。」

眼前這張臉和故人逐漸重疊，劉傾夏狼狽地轉開眼，無法自制地想起，當初的唐純媛也是在她說出告白的話後，這樣看著她，說出「妳眞噁心」這幾個字。

怎麼可以喜歡女生？怎麼可以喜歡上高高在上的唐家千金？這是不應該的。

她無法反駁林眞一，方才的氣焰一下子低了下去。面對那張肖似舊人的臉，她半晌還是說不出話來，乾脆抽身想走開。

劉傾夏才剛剛側身，就被少女一把抓住手腕，扯了回來。

「我現在終於知道，妳會這麼討厭我，除了因爲我會讓妳想起來妳的求而不得，還有妳心疼純媛不得不生下李騰光的女兒吧？這就是爲什麼妳總是說我髒的原因。」林眞一輕聲說，表情仍像隻無邪的小狗，眼睛閃閃發亮的，細看卻能察覺裡面的瘋狂，「我知道我長得很像她。夫人，妳把喜歡的人的女兒養在身邊，是想要把我當成替代品嗎？妳眞的是很不負責任的大人。」

劉傾夏想掙脫，但林眞一身形比她高大，連手勁也勝過她一籌，被抓著的手腕已經逐漸浮出紅痕，「我從來沒有想過什麼替代品，妳想要聊這件事情的話，就放開手好好跟我談！」

林眞一微彎著腰，額頭幾乎抵著劉傾夏的額，手指還在持續用力，另一隻手則是忽然往下探，從下襬伸進了劉傾夏的衣內，弄亂了原本整潔強勢的衣著，「這樣也不會想嗎？」

劉傾夏腦中轟然一響，林眞一的指尖帶著少年人特有的火熱，沿著腰線又揉又捏地往下探去，激起她一身雞皮疙瘩。

兩人間的界線隨著林眞一手指粗暴的摸索，徹底灰飛煙滅。

細膩溫熱的觸感順著指尖一路延燒，林眞一像貪心的小孩第一次嘗到糖果的甜，克制不住力道，扯開了劉傾夏整齊的西裝外套。下腹陌生的快感酥酥麻麻竄過全身，燒得她有些站不穩腳。

劉傾夏下意識想後退，但林眞一快了一步。

砰的一下，劉傾夏的背部用力撞上牆壁，整副身軀被林眞一死死按住。少女的身體跟著靠近，徹底把劉傾夏困在她的手臂底下。

林眞一繼續往下探索，劉傾夏的腰摸起來像蛇鱗一樣光滑冰涼，但是褲裝底下的皮膚火燙異常，在她的手指底下不受控制顫抖起來。

「放手！」劉傾夏在幾秒的錯愕後終於回神。

林眞一鎖住她手腕，眼神執著得可怕，聲音卻還是那麼無辜，「夫人，我不知道接下來要怎麼做，妳教教我好不好？」

林眞一的心跳聲大得她快要聽不見劉傾夏粗重的喘息，原來她不敢打開的潘朵拉寶盒是這種滋味——光是這樣的接觸，就足以蝕骨入魂。

她看著劉傾夏極力維持冷靜，卻還是不敢直視她眼睛的模樣，滿足地舔了下虎牙，眼睛的血絲蔓延宛如狂獸。

瘋了也好，可以看見劉傾夏這樣無措的樣子，夠值得了。

劉傾夏深深呼吸，紅唇輕動，「妳放手，我就教妳。」

林眞一短促地笑了下，「夫人還以爲我是十歲小孩嗎？我不會放妳走，除非妳要和我動手。」

劉傾夏額上的青筋隱隱浮出，果斷放棄溝通，雙手一起用力試圖推開林眞一，但林眞一也用盡了力氣，絲毫不肯退縮。

兩人僵持不下時，劉傾夏一下子用力過猛，林眞一一時沒有穩住身體，往後踉蹌跌落，重重摔坐在地。少女的黑色長髮披散開來，海藻般密密麻麻遮住了她低下頭後的神情。

劉傾夏喘著氣拉好衣服，走上前一把抬起她下巴，居高臨下審視那張臉。

林眞一緊緊咬著下唇，依然沒有露出半絲怯色。

「林眞一，妳知道妳剛剛在做什麼嗎？」

「我知道。」林眞一仰起頭，幾縷長髮狼狽不堪地黏在慘白的臉側，眼神卻依舊灼熱，「我倒是想問夫人，夫人知道我想做什麼嗎？」

劉傾夏沒有說話，只是眸色越來越嚴厲。

林眞一分明看見了，卻還是近乎自虐般說了下去：「我想和妳做愛，我——」

剩下的話被一個重重的耳光打斷。

她耳邊嗡鳴一片，咬破了的唇湧出血腥氣息，弄濕了唇角。在她的記憶裡，劉傾夏其實很少打她，除了在學校大發雷霆那一次，偶爾動手也只是警告意味居多，這樣下重手的懲罰幾乎沒有發生過。

飯廳裡一片死寂。

劉傾夏胸口劇烈起伏，來回徘徊兩步後低聲罵一句髒話，又走回她身前，艱難地開口：「手拿開，我看一下傷口。」

林眞一沉默地擋開她的手，摀著腫起的唇顫巍巍起身，血珠從她蒼白的指間點點墜落，清秀的臉像純白畫布，收斂起所有情緒後，看上去毫無生氣。

劉傾夏一時間張嘴又閉上，她不知道能對林眞一說什麼，該糾正對方滿口不知道從哪裡學來、亂七八糟的東西，還是爲自己剛剛的行爲道歉？

林眞一不等她琢磨完，轉身回到餐桌前，把自己的餐盤全部拿起，將一口沒動的早餐倒入廚餘桶，迅速洗完後放回架上晾乾，動作非常熟練。

雖然前天見識過她的廚藝，但此刻劉傾夏才深刻意識到，她從來沒有教過林眞一這些基礎的生活技能。

她實在不是個當媽媽的料子，打從林眞一能夠稍微自理生活後，她就只管在外頭忙唐家的任務，即使回到家，也幾乎不會與女孩一同用餐。

她不在家的那些時間，林眞一都是這樣自己吃飯、自己收拾的嗎？或者，是不是像今天這樣，乾脆就不吃了呢？

林眞一背對著她整理好碗盤，維持這樣的姿勢輕輕開口：「對不起，我不該說妳噁心。不過，如果妳這麼討厭我，那我以後就不要出現在夫人眼前好了。」

劉傾夏皺眉，但林眞一沒有給她回應的機會，逕自走回房裡鎖上門。

她走向林眞一的房間，抬手正想敲門，林墨南的電話卻在此刻打來。

「大小姐，妳睡醒了沒？開發案又出狀況了，妳趕快過來！」

劉傾夏抿唇，放下打算敲門的手，「又怎麼了？」

「地點提前曝光，外頭的資金現在瘋了一樣進來買地，唐老因爲不能獨賺這筆，正在這邊發飆。」

她垂下眼，「知道了，等我過去。」

劉傾夏出門前，又回頭看一眼屋子，林眞一緊閉的房門毫無動靜。她忍住嘆息，決定先把注意力轉回眼前的棘手狀況。

唐宅此刻烏煙瘴氣，她剛走進去接待的書房，唐老就朝門口砸了一個菸灰缸。

她不閃不避，還是林墨南一個箭步過來，抬手幫她擋了一下，手背馬上被磕出一片駭人青紫，「唐老先別生氣，我們會馬上查明是誰洩密的。」

唐老陰惻惻的眼神直盯著兩人，沉聲道：「等查出是誰，我要他活生生把這個菸灰缸吞下去。」

劉傾夏嫵媚一笑，推開林墨南站出來，「說不定是那位江特助見錢眼開，把消息也賣給了別人，那樣可就不是我們內部的問題啦？不過放心，我會把眞相查得清清楚楚，一定包唐老滿意。」

林墨南望了她一眼，從這個角度，他看到劉傾夏捲翹濃密的睫毛底下，有幽深的暗影藏在瞳孔裡看不眞切。

等兩人一出書房，林墨南正想開口，卻被塗著蔻丹的指尖點住唇，警告地指了下房間的方向。

直到上了車駛離唐宅，劉傾夏才啓唇：「不管那個江特助到底有沒有問題，你都該離他遠點。」

林墨南煩悶地敲著方向盤，「妳跟我說江特助幹麼？」

「雖然我們的夫妻關係有名無實，但我認識你這麼多年，還不知道你那死個性？和他約炮爽一下可以，千萬不要動眞感情，不然你總有一天會害死自己。」

「妳說話可不可以有氣質點？何況這些我都知道。」林墨南踩緊油門，「我們這種人，哪有資格談眞感情。」

劉傾夏望著窗外飛速流逝的風景，心裡一動，卻沒有張口。

「談正事吧，妳打算怎麼查出是誰給那些買主情報？」

「還有什麼辦法？老辦法，靠我這張臉唄。」劉傾夏的聲音裡沒有一點情緒。

那晚林墨南號召的酒局也沒有什麼新意，一樣是燈紅酒綠的夜晚，豪奢糜亂的酒局，還有她這位社交圈裡豔名遠播的交際花。

劉傾夏已經把白天的裝束都換了，此時只穿一件薄禮服，靠在一個什麼黃姓財主的胸口前。她記不起來這個男人叫什麼，只知道有許多祕辛會在沉醉於美色與美酒的男人口中，被輕描淡寫地說出。

在不知道第幾次擋開財主摸向她大腿的手後，劉傾夏撒嬌般地幫他又倒了一杯酒，「我只是想知道是誰這麼好，報給大家發財的祕訣，也讓我知道一下嘛。」

男人醉得找不著北，她咬牙，任由男人不規矩的手攬上腰部摩娑，「偷偷告訴妳，不要說出去唷，是一個小地產商說的，也不曉得他怎麼知道這些東西。」

林墨南和劉傾夏交換了一個眼神，劉傾夏傾身，手輕輕搓揉著男人膝蓋，呢喃道：「那個地產商人在哪裡？」

紅豔豔的燈光落在她臉側，將那雙水汪汪的眼睛渲染得嫵媚瑰麗。

得到答案後她才終於起身，招手讓一眾她精心挑過的酒店小姐接替自己的位子。

林墨南陪著她出去，一走出黃姓財主的視線範圍就馬上脫下西裝外套，裹住她赤裸的雙肩。

劉傾夏疲憊地靠在他肩上，沒有說話。

林墨南則是撫一撫她冰涼的手，「送妳回家？」

「不用了，我叫計程車回去就好。」劉傾夏忽然想起另一件事情，不禁咳了聲，「對了，你、你去幫我查一下青少年心理學，看一下小孩子對……那方面有興趣的話，要怎麼引導。」

林墨南太習慣劉傾夏滿嘴生猛的用詞，一時對這隱晦的描述一頭霧水，追問：「對於哪方面？」

劉傾夏瞪他一眼，「打炮方面的事。」

林墨南正在進電梯，聞言嚇得腳步一絆，差點被電梯門夾到，「靠，我怎麼會知道？我很會打炮不代表我懂怎麼教人啊！」

劉傾夏嫌棄地轉回頭，深深確定林墨南根本只是個徒有氣勢的紙老虎。

回到房子時已經是凌晨了，劉傾夏打開燈走到餐桌前，忽然察覺到不對。以前林眞一在家時，都會爲她留下哪怕一碗湯或一些點心，但今天手機裡不僅沒有訊息留言，飯廳裡看上去也沒有任何用餐過的痕跡。

她快步走到林眞一的房門口，門沒有鎖，她輕輕一推就開了——床上沒有林眞一的身影。

劉傾夏僵立在原地，想起白天時少女的那句話——

「如果妳這麼討厭我，那我以後就不要出現在夫人眼前好了。」

她全身都冷了起來。

第四章　純良小狗

在劉傾夏早上出門後，房裡陷入一片沒有生氣的寧靜。

林眞一在浴室裡望著鏡裡嘴唇腫起的自己，面無表情地擦淨血跡。

在她脫口而出那句大逆不道的話時，劉傾夏的反應只有強烈的憎厭，甚至是下重手打了她。這些跡象已經足夠明確，讓她清楚自己沒有出口的感情一旦暴露，將會獲得什麼結果。

林眞一所有不可告人的渴望與期盼，所有活著的理由，已經堅定地拒絕了她。她被夫人撿回來養了十六年，在夫人不要她的這一刻，她又被打回原形，回到不被任何人期盼、不被任何人需要的存在。

更糟糕的是，她居然賭氣對夫人說出「噁心」這樣的用詞，那瞬間劉傾夏受傷的表情，此刻還深深烙印在她心裡。

明明無論如何她都不希望對方受傷的。

林眞一驟然抬手，打翻梳妝檯前的瓶罐，玻璃瓶應聲碎了一地。傷害了夫人，又被夫人討厭的她，不應該再待在這個家裡了。

林眞一緩緩起身，拖著麻木的步伐往門外走。她離開家時沒有帶走任何東西，那都是夫人買給她的，她沒資格帶走。

她整個人失魂落魄地走在街上，茫然間沒有留意自己到底走到哪裡，也不知道自己可以前往何方。即使聽到車子在身後急煞的聲音，沉浸在思緒裡的林眞一都沒有太在意。

瞥見人影下車時已經晚了，她正想閃避，來者已經用手帕掩住她的口鼻，將她粗暴地拖上車。

林眞一的意識迅速模糊渙散，等她再次清醒時，發現自己躺在一座空曠的廢棄工廠內，四方的水泥牆上方，小小的風扇有氣無力地轉著。她無法動彈，不只手腳被綁，還有一道繩索勒住她胸口，迫使她被固定在躺臥的視角，視野極其有限。

「妳醒了？眞抱歉，弄痛妳了吧。」在電話裡聽過的聲音近距離響起。

林眞一面無表情，沒有一般人被綁架時的震驚或恐懼，「你綁我做什麼？想見我的話，不必用這麼粗暴的手段吧？」

「得拿妳換個人，」李騰光回答得意外爽快，「我不會對妳怎麼樣，不用擔心。」

「沒有人會爲我而來，你的算盤恐怕打錯了。」

李騰光聽起來似乎在笑，「怎麼會沒有人來呢？放心，妳養母會來找妳。」

方才都還十分冷靜的林眞一悚然一驚，「你要對劉傾夏做什麼？」

李騰光很輕地笑出一聲。

他之前對林眞一說過的往事在她腦中飛速盤桓，一個陰毒的猜測漸漸在心裡成形，「你會被關這麼久，是夫人授意的嗎？」

李騰光咬牙的聲音如此清晰，「唐家隻手遮天，那個賤人仗著他們的威勢害我在牢裡蹲了這麼久，憑什麼她就能置身事外，把錯都怪在我身上？當初是她親自害了唐純媛，害了她一起長大的朋友！我終於出來了，她連我的女兒都要搶走，我怎麼能放任不管？」

林眞一冷靜地試探著繩子的堅韌程度，心中有了個底，嘴上持續分散著李騰光的注意力，「你綁得我手很痛，既然你想要的是夫人，應該沒有必要這樣對自己的女兒吧。」

李騰光猶豫了下，仍走過來幫她解開勒住胸口的繩子。

她順勢坐起伸展著身體，不著痕跡地掃視一圈工廠的狀態。角落裡破舊的茶几上放了一瓶礦泉水和一瓶無糖綠茶，但眼前只有李騰光一個人陰沉沉地盯著她。

他似乎受了什麼刺激，和前幾天在學校附近看到那個猥瑣但仍算溫和的樣子全然不同。

林眞一沉默地打量他，直到李騰光忽然又狂暴起來。

「妳爲什麼這樣看我？妳也看不起我嗎？我是妳的爸爸！妳爸爸！」

林眞一閉上眼轉過頭。

李騰光大步過來拽住她的頭髮轉了回來，毫無章法地撫摸她臉頰，「等劉傾夏一死，我就會接妳回家。她算什麼媽媽？我才有資格養妳，我才是妳的親人！」

林眞一沒有抗拒他的舉動，只在心裡執拗地否認。

他不是她的親人，遠在精神病院、根本認不出她的生母也不是。

她視爲至親的只有夫人，唯獨夫人。

在劉傾夏家裡，離她發現林眞一消失已經過去一小時，出動去找的手下們還是沒有帶回任何林眞一的消息。劉傾夏臉色陰沉欲雨，來回翻看大門口的一小段監視錄影。

林眞一什麼也沒有帶，甚至連手機都扔在家裡，隻身走離門口的背影孤零零的，十分單薄。

如果是平時她不會想管，孩子鬧脾氣離家出走就算了，也沒有立即性的危險。然而現在外頭還不平靜，她不能讓李騰光有任何找到林眞一的機會。

何況，早上林眞一的激烈反應也嚇著她了。不管是對方突破禁忌的越線，還是突然其來提起往事的舉動，都讓劉傾夏隱隱不安。

是誰找上林眞一，還把那些應該已經爛在她自己肚裡的往事說出來？

接到消息特地趕來的林墨南和她擠在一起，試圖緩解她的焦慮，「別擔心，所有小弟都出動去找了，會沒事的。」

「誰說擔心她了？我只是在煩惱，萬一那個傻子出什麼事情，我要怎麼跟唐純媛交代。」

林墨南彈一下她額頭，「妳就是嘴硬。話說回來，她怎麼會突然離家出走？妳是不是又跟人家吵架了？」

「是她自己先來惹我的。」

「小孩子很喜歡妳嘛，別對她這麼苛刻。」

喜歡？她那些亂七八糟的思想，算什麼正常的喜歡？

「夫人！」

劉傾夏抬起頭，一名手下遞來手機。

「最後的影像是出現在中正街區，有人從車上下來強行帶走她。」

模糊的影像裡，身形高大的黑衣人從後方一把摀住林眞一的口鼻，將人拖上了廂型車。

即使過了這麼多年，劉傾夏也能認出那個身形。

她倏然站起，渾身的血液似乎都在逆流。她護了這麼久的林眞一，那天被她打了耳光之後低下頭的身影，再一次浮出她的腦海。

恐懼像亂竄的星火點燃了她全身的血，她二話不說回臥室扳開抽屜暗格，從裡面取出私藏的手槍塞進衣內，手指幾乎和通體漆黑的金屬一樣冰涼。

林墨南看她要往門外走，起身想要跟上。

劉傾夏輕輕推開他，「沒時間了，你拿著這段影片去報警，我自己先去找他們。」

林墨南深深看她一眼，輕聲道：「……林眞一還需要妳養到成年，妳千萬不要意氣用事。」

劉傾夏撇過頭，她皮膚白皙，跳動的青筋爬在她脖子上，就像一尾尾勒住她的毒蛇。

「林墨南，林眞一就像我養的家寵，儘管平常我討厭那隻小狗莫名其妙黏著我，可我也絕不允許外人隨便傷害我的幼犬。如果林眞一出什麼事，我一定要李騰光陪葬。」

大門開了又關，留下林墨南滿頭問號，來不及吐槽她的比喻。

林墨南弄來的電子腳鐐信號，顯示那人位在郊外的工廠內，即使是最近的轄區派出所也有一段距離。

劉傾夏快了警方一步驅車抵達，樹影飄搖間，她看見那座隱身在林地深處的廠房。

手下們和她一起下車，山區刮骨的冷意把她的腳牢牢凍在原地。劉傾夏抬眼，沒有掩飾渾身冷厲的氣息，「外頭待命，等我信號。記得，你們最優先的目標是保護好林眞一，不是保護我。」

聞言，手下們一一頷首。

劉傾夏深呼吸一口氣，轉向工廠門口。

廠房鐵門大開，溫暖的燈光在林野裡透出奪目暖意，可惜卻是個無情的陷阱，劉傾夏步步踏入，靴子硬底的鞋跟敲在水泥地上，盪出森冷回音。

她抬起頭。隔著十六歲的夢魘，她看見了從挑高隔層上居高臨下俯視的男人。

「妳果然來了。」他緩緩從褲袋裡摸出短刀，咧出一抹白牙森森的笑容，襯著他瘦脫了形的臉廓格外癲狂。

劉傾夏曾經如此懼怕那雙凶獸似的眼睛，那種染著不理性的欲望、在暗夜裡窺伺狩獵的眼神，此時此刻卻像一頭窮途末路的野獸被逼到了絕境，所有張牙舞爪都只是虛張聲勢。

她隔著衣物摸到緊貼大腿的槍械，心底瀕臨失控的害怕一點一點消散。

他也不過如此而已。

她當年屈服於男人的暴力，沒能救到唐純媛，不過是因爲當時的她手無寸鐵、無力抵擋。

「對，我來了，任你宰割。」

劉傾夏淡然地舉起雙手做出投降姿勢，眼睛緊鎖著李騰光，「林眞一呢？你總不至於禽獸到傷害自己的女兒吧？」

這個用詞馬上激怒了李騰光，「不准那樣說！當初是妳害我的！都是妳的錯，是妳不知感恩，恩將仇報害慘了唐純媛！」

劉傾夏臉上還是晚間宴席時的冶豔妝容，笑起來更是明麗大方，「是，都是我的錯。」

她悠閒從容地裹緊披肩，信步走向通往挑高夾層的階梯，像個走臺步的模特兒，「可惜，最後背負強姦犯惡名入獄的是你。在牢裡不好過吧？我知道那些罪犯最看不起你這樣的受刑人，原本還是高高在上的高官兒子，變成這樣之後，家族也不會想認你了，你就是不該被原諒的垃——」

李騰光一如她所料地被激怒，手上的短刀立刻從樓上擲了下來。

劉傾夏眼也不眨地偏頭閃開。

刀子軟弱地落地，緊接著，李騰光手中舉起了她沒想到會出現的手槍——

砰！砰！砰！

林眞一在底下一直悄無聲息地試圖掙脫繩索，她手腕細，繩子並沒有綁得太緊。此刻雙手好不容易才剛剛脫離禁錮，一聽到槍響，她馬上縱身撲向李騰光，撞得那瘦弱的男人身子一偏，撞上夾層邊緣岌岌可危的腐朽欄杆。

「夫人！」她心驚膽跳地趴上欄杆，幾乎不敢低頭去看，如果劉傾夏出什麼事，如果爲了救任性出走的她而受傷，她這一輩子都不會原諒自己。

工廠雜亂散落著器械的地上，漆黑禮服下襬鋪散如暈開的水墨，雪白的人躺在水墨中央，染上胭脂色的紅。

林眞一心跳幾乎驟停，但中間的人很快動起來，踢開礙事的高跟靴，赤著腳搖搖晃晃站起，一手按著腰腹處，重重喘息著。

劉傾夏的指間還在不斷冒血，鮮豔得燙眼，「我小看你了，居然弄得到槍，你是眞的打算要我死呢。」

李騰光回身想抓住林眞一，她的腳仍被綁著，極力想避開，一時重心不穩，後背重重撞上欄杆——那年久鏽蝕的鐵杆禁不起第二次重擊，發出不祥的聲響後，頹然傾倒。

林眞一身體失去支撐，騰空墜落。

那瞬間太短，劉傾夏的理智來不及思考，人已經縱身撲了出去。

三、四層樓的距離，一個近乎成年人的體重砸下，劉傾夏伸出去支撐的手臂馬上喀的一聲斷了。其他衝力被她用身體吸收，林眞一落在她不顧一切張開的懷抱裡，被死死護住了後腦杓，但劉傾夏重重摔撞在地的手掌，一下子骨頭盡碎，五指怪異地彎曲著，最糟的是那道槍傷。

林眞一慌亂地跪起身，劉傾夏在痛楚中吐出的鮮血滾燙地落在她手上，把她向來裝得從容乖巧的外皮徹底撕碎，「夫人……」

「閉嘴，吵死了。」劉傾夏啞著聲音，勉強抬頭看一眼林眞一，一看之下卻愣住了。

從小到大，林眞一都不是哭哭啼啼的類型，她已經很久沒有看到小女孩露出這樣的表情。長直髮的造型在這種時候居然都還是氣質楚楚，連哭也是安靜端莊，淚水沾在睫毛上，眼睛像小狗那樣圓滾滾、水汪汪。

那個按著她要流氓，說想跟她上床的叛逆青少女跑去哪裡了？

「哭屁哭，我不是來了。」沒好氣的話，語氣卻很輕，劉傾夏一手擦過女孩的下巴，留下一道淡淡的紅漬。下一秒，她卻狠狠推開林眞一，就地一滾。

一顆子彈掃下來，正中她前一秒躺臥的位置。

李騰光又一次失手，殺氣騰騰地轉身，從旋轉樓梯上追了下來。

已經救到林眞一，劉傾夏隨即對手下發出信號，但沒幾秒就察覺不對——太安靜了。

整座工廠除了李騰光往下奔走的腳步以外，沒有一點聲響，她安排在廠外待命的那兩位手下沒有聲息，也沒有回應她的召喚，彷彿只有負傷而難以行動的她和林眞一兩人。

劉傾夏已經坐不起身，她用勉強能動的手從禮服下抽出手槍，卻已經沒有瞄準與開槍的力氣，沉重的槍械從她手裡墜落，濺起一地紅珠。

她喘了口氣，心跳卻慢慢平穩下來，小聲道：「林眞一，妳先離開。」

李騰光已經剩下最後一彎階梯，林眞一迅速解開腳上的繩索，劉傾夏這才看見少女的一隻腳踝彎曲腫脹，顯然是落地時受了傷。

林眞一眼底含淚，倔強地迎上劉傾夏的目光，「我不走。」

劉傾夏氣極，但李騰光已經下到最後的階梯，正要穿過遮擋的貨架追來。

林眞一見狀咬緊牙，頓時撲上前抓起槍，擋在了劉傾夏身前。

「林眞一！」

「林眞一！」

兩個聲音同時喚出同樣的名字。

李騰光雙手顫抖，望著他錯失了十多年成長光陰的女兒，手槍被握在少女纖細的手裡，黑黝黝的洞口瞄準了自己。

劉傾夏忍著震驚與疼痛，緩聲說：「冷靜點，把槍給我。」

林眞一並沒有看她，「夫人，也許妳覺得這只是一個十六歲小孩的話，妳不會相信，可是我……眞的願意爲妳做任何事情。」

「眞一——」

「妳害怕的人、傷害妳的人，我會爲妳全部消除。」林眞一拉開保險，聲音與表情此刻都平穩至極，只有掛在眼角那滴淚，正緩緩滑落下來，「即使面對的是我親生爸爸。」

槍響劃破工廠，激起巨大的回音。

李騰光緩緩往下看，抖動的指尖摸上胸口——滿手的鮮紅。

劉傾夏望著昔年舊識的眼睛鎖定自己，嘴唇試圖開闔，卻什麼也說不出來。

沒有幾秒後，李騰光已經跪倒在血泊裡，手指還在努力壓著傷口，卻忽然獰笑道：「妳……被騙了。」

劉傾夏沒忍住開始咳血，嘶聲道：「我騙了她什麼？李騰光，我即使是你口中恩將仇報的人，也永遠都不會利用唐純媛的女兒！」

李騰光仍然直視著她，嘴唇彎出詭異弧度，「是妳……被……」

話沒有說完，他頹然向旁一倒，血沫溢出嘴角，睜著眼停止了呼吸。

劉傾夏直視著他的屍首，目光筆直沒有閃躲，但失血過多的身體此刻劇烈顫抖起來。

十多年的光陰改變了很多事，把李騰光從一個意氣風發的高官之子變成階下囚，也把自己從一個髒兮兮的孤兒變成狗仗人勢的唐家交際花。

她從來沒有想過，有一天她會這樣面對李騰光的結局——死在自己的親生女兒手上。

遠處揚起警笛聲，她驀然警醒，「林眞一，把槍給我。」

林眞一沒有多想，將手槍放回劉傾夏手上。

劉傾夏喘著氣，忍著即將要暈厥的劇痛，用衣物把指紋擦乾淨，又把自己的手指印上去。

這時林眞一才看懂她想要做什麼，試圖奪回槍。

劉傾夏馬上制止，聲音很微弱，「妳不聽我的話了嗎？剛剛不是說會爲我做任何事？」

林眞一低著頭，淚水落在血窪裡。她緊緊按住劉傾夏不斷流血的傷口，把唇蜻蜓點水地蹭在劉傾夏的額上，像隻小狗在舔舐著主人般尋求安慰，「我會聽夫人的話。」

劉傾夏的意識已經模模糊糊，自制力迅速消退，嘴裡有氣無力地應道：「知道了，妳乖一點。」

接著，她無視林眞一驟然安靜下來、像是小狗突然咬到骨頭的神態，徹底昏了過去，沒有看見在自己懷裡低下頭的女孩，嘴角微微勾出一點得逞的笑意。

三天後。

「電擊槍？」

「對……夠了，妳是個病人，抽什麼菸啊！」

病房裡，林墨南拒絕劉傾夏望向香菸的渴求眼神，恨鐵不成鋼地戳著她腦門。

劉傾夏只好放棄，往後靠在軟枕上，因爲雙手都有程度不一的傷勢，難以使力，只能指揮林墨南把切片的蘋果拿來餵給自己。

這次的事件嚇壞了林墨南，以至於這幾週只要有空，他都會堅持來病房親自陪護，順便帶來外界的調查進度。

因爲劉傾夏把自己和林眞一的指紋調換以防萬一，而且劉傾夏重傷、李騰光綁架的證據確鑿，加上唐家的介入，案情已經朝自衛殺人的角度偵辦，沒有人懷疑過在場的林眞一。

當時那兩個沒有及時出現的手下差點害她沒命，後來趕到的警方在外面找到暈倒的兩人，種種痕跡都顯示出他們是被電擊槍電暈的。

劉傾夏咬著林墨南手拿的蘋果，若有所思，「看來李騰光有同夥，但這同夥哪來的？他入獄這麼多年，過去那些狐群狗黨誰會願意來幫他？」

林墨南喟嘆，「看他的葬禮就知道，連他家的人都不想認他了。」

李家當時礙於面子，幾乎絕口不提犯下強暴罪名的兒子，而現在李騰光又多了綁架犯的惡名，在新聞上鬧得沸沸揚揚，最後李家人居然沒有人親自出席李騰光的告別式。當年在他們小圈子裡也算是呼風喚雨的公子哥，最後竟死得悄無聲息、無人送終。

兩人一時沉默下來，林墨南擺弄著手機，一則訊息閃了進來：「我想見你。」

嘴角綳出一點稱不上微笑的苦澀弧度，林墨南飛快回道：「想見我等於想上我了吧？」

「那你敢不敢來？」

他放下手機，揉揉劉傾夏即便在養傷也仍然蓬鬆光潤的頭髮，「我有事先走了，眞一會來換我的班。」

劉傾夏馬上哀號一聲，哀怨道：「你幹麼讓她來啊，她都已經爲這個請多少天假了？」

「唷，天下紅雨了，劉傾夏妳居然會關心她的出缺勤？」

兩人鬥嘴之間，少女一拐一拐走進病房，在床頭放上一壺雞湯。

養傷這段時間，劉傾夏深刻意識到，被自己放養多年的林眞一有多麼自力更生，手藝好得出奇，各式煲湯都會做，滋養得她肚子都胖了一圈。自從那血淋淋的綁架經歷後，女孩乖得出奇，連一句不該說的話都沒有出口過，反而讓她一時不知道如何面對。

林墨南挑釁地揉亂劉傾夏的頭髮，在她變臉之前哈哈大笑地跑出病房，留下一室尷尬。

劉傾夏低頭看一眼林眞一腳踝上的固定夾板，關心的話在嘴裡繞了兩圈才說出去：「幸好只是骨裂，還是要小心不要多走動。」

林眞一也看向她，女人那張素白的臉沒有上妝，膚色泛著不健康的蒼白，顯然是多年的酒肉生活掏空了底子，加上凌亂髮絲，病弱感增添一絲平日裡沒有的楚楚可憐。

她小心翼翼問：「我給夫人梳梳頭好不好？」

劉傾夏剛想拒絕，就又對上那雙平靜懇求的眼瞳。

這隻小狗是撒嬌上癮了嗎？她無奈地轉開眼，「是我小時候沒有買夠多的芭比娃娃給妳，沒滿足妳的扮裝癖嗎？」

林眞一面不改色地說出甜言蜜語：「娃娃哪有夫人美。」

這下子劉傾夏徹底無語了，只能任由林眞一拿起梳子，放了張小鏡子在她面前的桌板上，側坐在床邊，姿態輕緩地為她梳起頭。

少女的體溫似乎總比成年人高些，指尖落在她鬢上，牽起一串火燙的搔癢。林眞一細膩地為她把髮絲逐一勾出梳開，手指在她耳後細細摩娑，呼吸拂過後頸。

劉傾夏從鏡中觀察著女孩，女孩眼神專注在髮上，這時冷不防抬起眼。

兩人在鏡裡四目相對。

劉傾夏觸電似地避開，林眞一則抿著笑意，「弄痛夫人了嗎？」

「沒有，妳繼續。」

林眞一垂下頭，及腰的黑髮跟著散落，玫瑰味的髮香渲染著。因為距離太近，初萌的柔軟胸乳靠上劉傾夏身後，全身的氣息柔弱又強勢，把劉傾夏困在她的臂彎與床鋪之間。

劉傾夏沒有動，身為大人，她必須要有最起碼的自制力，但還是在心裡暗罵林眞一，那天幹麼把她按在牆上說出狂言，害她現在看林眞一任何動作都覺得不對勁。例如此刻，林眞一雙手繞過她脖子，把黏在頸上的髮絲一併撥開，手輕輕攏在她最敏感的部位，指尖一點一點輕柔地摩擦、撫弄，最後把整個掌心放上她後頸。

「夫人，放輕鬆點，妳好僵硬。」

林眞一低語，氣息拂在劉傾夏的耳尖，手掌緩緩收攏。少女骨骼分明的手指很修長，一手就能包覆住女人的頸，像順過貓咪的背脊那樣寸寸揉弄下去。

劉傾夏起先想拒絕，但林眞一力道拿捏得剛好，按摩得她全身酥軟，也就隨她去了。

女人眼皮隨著雙手的律動一點點放鬆，林眞一另一手繼續拿起梳子，把剛剛林墨南揉亂的髮慢慢梳順，感受到劉傾夏放緩的呼吸。

後面的頭髮梳好後，林眞一轉而關注劉傾夏的劉海，溫柔地掀起一角，發現劉傾夏素來藏在髮下的額際有道傷痕，看上去是經年的舊傷疤，不甚明顯。

她不知道這小小的傷疤爲何激起她莫名的保護欲，她鬼使神差地傾身，輕輕吻在那道疤痕上。

如果這一刻可以維持下去多好，她爲她梳頭，看她在自己手下袒露肚皮，像隻曬到陽光的貓搖著尾巴放下戒心。

劉傾夏已經闔起的眼皮倏然彈開，林眞一卻已經退後，動作快得她以爲剛剛的吻是自己的幻覺。

「梳好了，夫人要先趁熱喝湯嗎？」

這又是另一道難題，因爲手使不上力，無法自己拿餐具和端碗盤，這幾天劉傾夏都是使喚林墨南協助。

林眞一對此似乎早有準備，取出加粗的吸管放進雞湯裡，「雞肉我都切碎燉爛化進湯裡了，可以這樣直接喝。」

她一臉純良，劉傾夏只好投降地湊過去，就著桌板喝了幾口。不得不說，林眞一大有當廚師的前途，這道湯燉得十分入味，連住院住到沒有食欲的她都願意多喝一些。

她一邊喝，林眞一一邊盯著她小口啜飲時微微噘起的嘴，心猿意馬。

林眞一似乎有些摸透夫人的底線，劉傾夏吃軟不吃硬，她只要裝可憐，劉傾夏總是特別心軟，而且端著長輩的架子不願意和她計較枝微末節，反而給了她大好機會趁虛而入。

於是等劉傾夏一喝完，林眞一幫她收好保溫杯後，突然一頭栽進她懷裡，手卻不敢眞的放上去，只是隔著咫尺距離，依戀地把頭擱在劉傾夏的肩上。

「妳做什麼，瘋了嗎？」

林眞一搶在劉傾夏動怒前低聲說：「夫人，我很怕。」

劉傾夏沒有說話，但驟然加快的呼吸拂過她的耳際，「怕什麼，怕我不去救妳嗎？」

小狗玻璃珠般的眼睛抬起來看她，劉傾夏可以在裡面看到自己的倒影，「怕夫人不要我，更怕夫人受傷。」

她對這樣的眼神說不出拒絕。一個人一輩子可以遇到幾個在生死之際，毫不猶豫擋在自己身前的人？

劉傾夏永遠忘不掉在工廠裡，林眞一有多麼義無反顧地擋在她身前。

「……知道了。」她用指尖點在小狗額頭，輕輕回蹭了下林眞一靠著的頭，「不會不要妳。」

劉傾夏不再想方設法拒絕林眞一的探視。

養狗就是這點好，也是這點不好，只要流露出一點喜歡的端倪，狗狗就會得寸進尺，永遠想要主人更多更多的寵愛。

她和林墨南提起這些想法，而面對她的比喻，林墨南嗤之以鼻回道：「妳這算什麼主人，根本是虐待狂，林眞一是有多M才會喜歡黏妳。」

劉傾夏難得同意他。她不懂，她這麼刻薄冰冷，林眞一是看上她哪點，才會喜歡這樣纏著她？

然而不管她怎麼想，林眞一除了必須去學校考試的時間，幾乎天天都來端茶遞水。天氣好的時候，林眞一會推著輪椅帶她出去曬太陽，如果忽視林墨南因爲擔心而叫來的一排小弟，劉傾夏的確喜歡懶洋洋窩在陽光底下愜意的感覺。

閒暇時間裡，她就在床上看小弟找來的青少年心理學電子書，比她當初在學校念書時都還要認眞，只可惜太久沒有看書，她囫圇吞棗，總覺得有看沒有懂。

又是一天冬陽普照、氣溫回暖了些，她第一次主動讓林眞一推自己去庭院晃晃，馬上就看到林眞一眼睛一亮，如果她眞的有小狗尾巴，肯定已經晃成了螺旋槳。

林眞一推輪椅的速度很適中，又穩又不會慢得讓她不耐，「小孩，妳還滿會照顧人的嘛。」

劉傾夏原本只是無聊想隨口逗她，可林眞一非常認眞地低頭說：「因爲我照顧的是妳。」

她差點被口水嗆到，而林眞一眼神靜默篤定，沒有一點玩笑意味。

劉傾夏抬手，手上已經有一些力氣，足以撥亂林眞一像畫出來般整齊的直髮，

「妳以後會有自己的家庭，會有其他需要照顧的人，我只是先讓妳練手。」

她沒有漏看林眞一眼底一閃而過的陰沉與抗拒，於是耐著性子，第一次隱晦地回應那天林眞一把她按在牆邊時，脫口而出那句大逆不道的話，「年輕時會有很多慾望和錯覺，那都是正常的。妳會有那方面的需求，也會以爲自己喜歡上了誰，但慾望不是全部，錯以爲的喜歡也不會成爲愛。我這麼說，妳懂嗎？」

先不管林眞一懂不懂，劉傾夏自己的耳朵已經燒紅了。

倒不是因爲對這方面的話題使她害臊，她平常和林墨南講黃色笑話時也沒紅過臉。而是要對著看上去純白如紙的少女說出這些話，總有種一腳弄髒雪地的罪惡感——哪怕當初是林眞一先說出想和她上床這種不像樣的話。

林眞一低著頭，不發一語。

劉傾夏在腦中回想小弟找來給她的什麼《和青少年談心一百問》。她在床上養傷時草草看過一些，雖然一看字就頭暈的她沒有讀得很通透，但還記得遇到這種沉默的反應時，好像要給青少年一點時間消化，最好還要說點自己的親身經驗，表現出自己和她是同一陣營的。

於是劉傾夏又說：「我也是女生，也經歷過年輕的時候，妳如果有什麼好奇想知道的，比起去嘗試那些亂七八糟的東西，可以先來問我。」

林眞一抬頭，眼睛一彎，「那我可以問夫人，妳的第一次是什麼時候？還有是跟誰？」

劉傾夏今天第二次差點被口水嗆到。見林眞一一臉無辜，她只好繃著臉，不願露出怯色，「問這什麼東西，換個問題！」

林眞一在輪椅旁的花臺上坐下，熟練地再次端出那副小狗仰望主人的表情。

劉傾夏撇過臉，不笑時格外冷豔的側臉被陽光優美地鍍了層圈。

林眞一就這樣看著，慢慢斂起刻意裝出的笑容。

這些日子她趁夫人手不方便，小心翼翼地藉照顧之名拉近她們之間的距離。有好幾次她都幾乎可以確定，夫人也有和她同樣的心思。

今天劉傾夏主動要她推自己出來曬太陽，她還滿心歡喜，以爲夫人終於動了心。

結果劉傾夏其實只是籌謀了一場別有目的的對話。

夫人還是把她當作青少年的一時卵子衝腦，即使她已經在那樣的危難中親身證明，她會不計代價護在夫人身前。

夫人究竟把她當什麼了？如果夫人眞像之前說的那樣討厭她，會在她墜落時奮不顧身衝來救她嗎？

那天夫人重傷昏迷，她也在急診室裡接受治療，腦中卻只有一個自私病態至極的想法。

如果夫人就這樣死了，至少也是爲她而死的。是爲了她，而不是爲了什麼唐純媛。

「那我換個問題，夫人想不想知道李騰光和我說了什麼呢？」

陽光下，不少病患都在家人或看護陪同下散著步，小孩的笑鬧聲隱隱飄散在風裡，連同林眞一的問題一樣，聽不太眞切。

劉傾夏瞇著眼轉回頭。

林眞一回望她，嘴角的弧度平靜而飄渺，「還是說，夫人不在乎我知道了什麼？」

過了很久，劉傾夏才回答：「我不會問妳。」

林眞一在對方平緩的口吻裡一點一滴冷了起來。

「林眞一，我理解妳會好奇我的過去，所以妳會想去問李騰光，從前我們到底發生了什麼事情。但知道後不會改變任何現狀，妳可以因爲我對不起唐純媛而恨我、討厭我，這是我應得的，我不會阻止妳。」

林眞一想要打斷，然而劉傾夏可以活動的那隻手一把扣住她的臉頰，力道雖輕，卻不容她反抗，「妳要記得，我畢竟不是妳的親生母親，我唯一的目標，就是讓妳和其他任何女孩子一樣，平安地長大成年。妳要的那些愛和關注……我給不起，抱歉。」

林眞一的眼睛眨也不眨，清秀的臉上硬是揚起一個乾淨的笑容，她明明自覺快要哭出來，眼睛裡卻沒有一點淚意。

她自認性格冷靜平穩，可是劉傾夏永遠可以輕而易舉地掀起她的百種情緒，得不到回應的感情在她的血脈裡橫衝直撞，找不著出口。

劉傾夏望著少女欲哭不哭的神情，漂亮的眉間蹙起，語氣軟了下來，「那天打妳……對不起，我以後不會再對妳動手了。」

「夫人爲什麼要用這種好像想跟我兩清的語氣說話？」

「不是兩清。」劉傾夏轉頭望著逐漸西斜的夕照，「我看了些書……就是隨手翻到的，說青少年會有這樣與監護人發生關係的想法，除卻不正常的亂倫家庭，一般是因爲監護者沒有劃清關係之間的距離感。所以從現在開始，我會全力和妳保持正常距離，像之前梳頭髮那樣的舉動不應該再有。出院後，有空的話我還是會盡量回家吃飯，妳在外面遇到什麼問題都可以跟我說。」

林眞一唇角抽了下，用力抿平。她來回走了兩圈，似乎想要掉頭就走，最終還是走回來，單膝在劉傾夏的輪椅邊跪下，仰著頭，「那妳回答我最後一個問題。我是李騰光和唐純媛的女兒，現在的妳，還會因爲這樣的理由討厭我嗎？」

劉傾夏在心裡重重嘆息，抬手像是想觸碰林眞一，又在最後一刻制止了自己。

「我不討厭妳，從來沒有。我討厭的是無能爲力、沒有保護好妳們的自己。」

劉傾夏看見林眞一眼底深處即將再度燃起的希望，於是逼著自己把剩下的話說完：「但是，林眞一，無關妳是不是唐純媛的女兒，我永遠、永遠不可能像妳期待的那樣愛妳。」

她清晰地看見少女眼底那絲微光顫了顫，最終被她親手掐滅。

第五章　瘋犬

一直到把劉傾夏推回病房、幫她倒好熱水後，林眞一都沒有再開口說話。

劉傾夏關注著她的神情，沒能從那張止水般平靜的臉上看出異狀，但是林眞一異常冷漠的表情，配上她死都不肯開口說話的樣子，看得出小狗顯然沒有表面上那麼無所謂。

又在鬧脾氣了。

劉傾夏沒有力氣和她溝通，這一場花園裡的對峙用盡她還沒恢復多少的體力，見林眞一還是沒有意願開口，於是乾脆閉上雙眼睡了過去。

她沒有看見林眞一此時看她的表情，像惡犬驟然被搶走了心愛的零食，但因爲主人還沒放掉韁繩，臉上依然是克制又隱忍的陰冷。

劉傾夏再醒來時已是夜深，她被巡房的護理師驚醒，沒有吭聲，安靜地等護理師離開後，再度閉上眼睛。

她沒有馬上發現不對勁，直到一隻手很輕地撫上自己的嘴唇，驟然施力。

劉傾夏渾身一震，睜開眼睛，在近乎全黑的陰暗裡對上林眞一漆黑的瞳孔。

「噓，是我，夫人。」

涼澀的膠帶觸感封住了她的嘴，她抬手想要阻攔，但只有一隻手稍微恢復力氣的情況下，被林眞一輕而易舉地擋開。

林眞一抬手，輕輕撫上她壓在枕上睡亂了的髮，另一隻手牢牢握著劉傾夏的手腕，重重按進被褥裡，一寸寸收緊，「別動，手上會留痕跡的。」

劉傾夏從極度的震驚中恢復過來，很想破口大罵。這幾週的相處，讓她以為自己已經把瘋狗馴好了，現在大半夜來這套是想幹麼？

她想掙扎，然而腰腹的槍傷當時撕裂得太深，她至今都還無法使力。別說自己坐起來，光是剛剛試圖擋開林眞一，肌肉發力牽扯到傷處時都讓她疼出一身冷汗。

「說過了……」林眞一俯下身，這次劉傾夏分明地聽見了，少女聲音裡有幾乎壓抑不下的暴戾慾念，「夫人別動好不好，我不想傷到妳。」

這語氣和神態，讓劉傾夏想到那天被找去學校時，林眞一威脅同學的神情和此刻一樣冰涼又瘋狂。

黑暗裡，任何一點聲音都會被放大到無限，劉傾夏聽見林眞一拿出了什麼東西，金屬清脆的碰撞聲迴盪在耳邊，然後她雙手手腕上一涼。

林眞一拎著劉傾夏稍微能動彈的手，和另外一隻粉粹性骨折、被包得嚴嚴實實的手銬在一起。

到底哪來的手銬？而且這個渾蛋有沒有想過，她這一身傷是爲了誰！

眞的是瘋了，劉傾夏掙脫不開也罵不出聲。護理師剛巡完房，至少要再四小時才會過來，而這裡是單人房，根本也不會有其他人發現這裡正在發生的事。

林眞一安靜地俯身，長髮散開如瀑，爬在劉傾夏雪白的病人服上，牙齒咬開了劉傾夏寬鬆的衣襟。

爲了方便換藥，劉傾夏的病人服底下什麼也沒穿，林眞一灼熱的鼻息灑在赤裸的肌膚上，冰涼的指探索般緩緩摸上挺立起來的粉紅乳尖。

緊接著，濕潤溫暖的觸感取代手指，林眞一把她左側的乳尖完全含了進去。

劉傾夏劇烈一顫，卻被林眞一狠狠按了回去。少女不大會控制力道，牙齒不小心刮過，痛得劉傾夏一皺眉，罵人的話被堵在膠帶裡，悶悶地聽上去像曖昧的呻吟。

「夫人這邊，離心臟好近，心跳也好快。」

林眞一的聲音也是含含糊糊，她眞摯地舔吻著，就像對待好不容易落回胸腔內的心跳那樣珍惜，不過按著劉傾夏的力道絲毫未減，甚至還有越來越用力的趨勢。

少女的另一隻手放開劉傾夏的手腕，轉而撫上另一側的乳尖，惡意地時而摩擦時而輕扯。

酥麻的快感從胸口一路竄升，泛起細細密密的雞皮疙瘩，劉傾夏從來沒有感受過這樣的快感，只能徒勞地就著手銬想抓住林眞一，卻毫無作用。

林眞一怕碰到她傷著的手，索性把她的手往上舉，扣在了頭頂。

「這樣會痛嗎？」

她都被弄成這副模樣了，這人還溫柔地確認有沒有扯到她腹部的傷，劉傾夏簡直想殺人。

眼睛漸漸熟悉黑暗後，她可以看清那雙慾望濃重的眼睛，配上清秀出塵的臉和黑長直髮，讓劉傾夏有些分辨不出來，在她身上聳動著的，到底是師長口中的模範生，還是那天把她堵在牆邊動手動腳的瘋狂小狗。

感受到她憤怒的凝視，林眞一抬頭，唇瓣水亮亮的，「我想聽夫人的回答，但是解開膠帶的話，不可以叫喔。」

當她撕開膠帶時，劉傾夏一偏頭，一口咬在林眞一來不及縮回的手上。

這一口咬得極重，劉傾夏馬上嘗到血腥味在唇齒間擴散。

然而林眞一閃都沒閃，反而將手伸到更裡面，撬開了她的唇。

劉傾夏因唾液無法自制地淌下，不得不先鬆開嘴。

「妳瘋了吧！」她壓低著聲音怒斥，矛盾地不想讓人發現，卻又想要人來制止身上這個瘋子的行爲。

林眞一原本只是側坐，現在整個人直起、跨坐在她身上，輕輕笑了一下，「這是夫人逼的。」

「我怎麼逼妳了？我說了會和妳保持距離，妳總有一天會清醒過來。妳對我不過是雛鳥情結，還有青春期的賀爾蒙過剩！」

「爲了妳，我殺了自己的親生爸爸，妳還要我做什麼，妳才會相信我不是一時興起？」

劉傾夏幾乎哽住，「我不想看妳越走越偏！如果妳跟我保持距離，這些事情都不會發生，所以妳更應該離我遠點！」

「夫人要和我兩清，可以。」林眞一俯下身，像劉傾夏常對她的那樣，掐住了那張豔麗的臉，施力之重，幾乎壓出了指印，「今天晚上，夫人在我手裡好好玩一下，我只要確定夫人可以一輩子記住我就夠了。」

劉傾夏一時氣極，居然不知道下一句可以罵些什麼。

林眞一維持跨坐的姿勢，緩緩解開自己的襯衣，「知道夫人不想看到我，那就別看吧。」

她將自己的襯衣捲成條狀，蒙住劉傾夏的眼睛，在女人腦後緊緊打了個結。而後她沒有再給劉傾夏反應的時間，粗暴地扯開病人服的繫帶，撥開下襬伸手進去。

林眞一此刻心裡混亂的程度，其實不亞於劉傾夏。

她知道這是錯的，知道她不該傷害劉傾夏。

可是，林眞一無法克制心底陰暗的破壞欲。她可以忍受劉傾夏討厭她，卻不能忍受劉傾夏懷著這種想要兩清的想法離她而去。

如果劉傾夏堅持如此，她只能用自己的方法讓劉傾夏記住自己，哪怕這是錯的，哪怕她自己也爲此痛苦不已。

劉傾夏在眼睛被蒙上後反應更加激烈，林眞一不得不更強硬地施力才能不讓她弄傷自己。少女的手指沿著女人大腿內側遊蕩進去，然後滑進了一片黏膩。

林眞一連自己的私密處都不曾撫摸過，一開始還沒反應過來，直到夫人的喘息突然變調，她才理解那片濕滑是什麼意思，「夫人？」

爲了驗證所想，她再次低頭啃上了女人左側的乳尖，在激動的心跳震盪下，同時把手伸得更進去，摸到雙腿中央顫動的花瓣，再往下探索更深處。隱密的穴口正在輕顫，吐出絲絲濕意，像在求饒，又像在索取。

「林眞一……」劉傾夏的聲音幾乎碎開，「如果妳有妳口中說的那樣在乎我，就馬上住手。」

林眞一像第一次嘗到甜頭的小獸，咬牙忍耐著馬上撕碎夫人的慾念，低頭望著劉傾夏。

她想像過無數次這副場景……在她最不願意承認的夢境裡，她想像過夫人在她身下，身體被徹底打開的樣子。如今想像與現實重疊，劉傾夏的制止對她來說，就像大餐放到嗜血的鯊魚面前，卻要她不准撕咬。

「我愛妳，夫人。」林眞一在迷茫中緩慢地念道，像在祈禱。

那穴口像是了解主人緊繃的情緒，顫抖著吸吮她的指。她不是很知道接下來應該怎麼做，卻本能地順應著它的收縮，將手指順著濕潤滑了進去。

劉傾夏負傷的身體綳緊著，前所未有地激動掙扎起來，傷口處的紗布緩緩滲出鮮紅。

林眞一不得不伸手壓住她的胸口，把人深深按入床褥裡。

下面那處含著她，收縮越來越劇烈。

劉傾夏的聲音帶了類似哭腔的破碎，說出的話語氣依舊強硬，「妳說妳愛我？

這不是對愛的人的方式，林眞一，妳根本不懂什麼是愛！」

破壞欲被點燃的林眞一已經從對方越來越加重的喘息裡，順應本能摸索出了節奏，「但我讓妳很舒服，對嗎，夫人？」滑進體內的手指驟然加速。

劉傾夏什麼也看不見，所有觸覺被數倍放大，腦子裡因爲快感而一片空白，雙腿徒勞地掙扎。

林眞一將膝蓋擠進她雙腿之間，強迫她張開，整個人伏得更低，嘴唇小心翼翼避開傷口，沿著下腹一路吻落。那道傷口是爲她留下的，林眞一愧疚又罪惡地用唇輕輕繞開紗布，在夫人光裸結實的小腹上吻出片片水漬。

夫人說得沒錯，她的確不懂什麼是愛，只能小心翼翼把自己所有的愛戀與依賴捧出來，即使最後會被劉傾夏摔得粉碎，也在所不惜。

她不知道怎樣做才會讓人舒服，只能從劉傾夏極力壓抑的低吟裡覺察出抽插的韻律和撫摸的節奏，而夫人通道裡燃燒的溫度和不斷加快的收縮頻率告訴她，她沒有做錯。

看起來剛硬的夫人卻能流出這麼多水，濕透了她的指尖，淡淡的陌生氣味散開，壓過了病房裡長久以來的藥水味。

劉傾夏散在枕邊的髮，隨主人被抽送的節奏輕輕晃動。女人左右扭轉著頭，裸露的脖子和鎖骨暴露出分明的青脈，她的血管劇烈跳動著，像在抵抗這樣陌生而狂烈的快意。

不知道林眞一碰觸到了哪裡，使得劉傾夏淺淺的呻吟無力地溢出，她馬上咬住唇，不讓自己再叫第二次，然而這樣的反應已經被林眞一發現了。

「不要忍。」她俯身受不住地吻上劉傾夏的唇角。

劉傾夏倒抽一口氣——林眞一的手指很自然地加到了第二根，然後是第三根，尋到方才劉傾夏有反應的那處軟肉，神經敏感的指尖細細探索著，然後用彎起的指節，重重蹭了一下。

劉傾夏顫抖起來，這一次她的聲音幾乎是在求饒，「夠了——」

她只得到幾下帶著懲罰性質的深插，林眞一的手指本就修長，現在全部沒入，碰到了劉傾夏想都沒有想過的深處。

林眞一看著劉傾夏失魂般的表情，失控地掐住她的頸，但不敢眞的施力。

那一瞬的窒息感放大了劉傾夏的快感，她終於低啞地喘叫了出來。

少女落在她唇側的吻這麼輕柔，底下的侵入卻是這麼凶狠，抽插得這麼快，卻又不是毫無章法。

「夫人，妳知道這讓我想起什麼嗎？」林眞一此刻的聲音低啞得嚇人，她迷戀地輕吻著夫人的鼻尖。

那張向來美麗到毫無破綻的臉，此刻不剩一點從容，而是泛著甜美潮紅，隨著她粗暴的韻律無力地晃動著。

「這就像在彈鋼琴一樣，夫人的聲音就是最好聽的琴音。」

劉傾夏嘴唇動了一下，不知道是不是想罵人，但此刻林眞一試探地撫上她雙腿中間小小的花瓣，指甲不小心刮過，惹得她只能又一次咬緊住唇，發出崩潰的細小鼻音。

「夫人，我眞的愛妳。」林眞一的聲音彷彿在懇求。

劉傾夏顧不得傷口，又一次左右扭擺著腰身想要掙開。

林眞一只得縮回一隻手，狠狠按住她纖細的胯骨。

「我知道夫人永遠不會愛我。」

明明近乎施暴般在侵入的是她，可是語帶哀求、像在示弱的也是她。

「可是我會永遠愛著妳，像小狗認定了牠的主人一樣。」

劉傾夏再也壓抑不住發瘋一樣的快感，幼貓般細小的哀鳴逃逸而出。

林眞一果眞像她說的一樣，像在虐待一架不聽話的鋼琴，狠狠加快了速度，瞄準著那塊方才讓她失控的軟肉，重重彈奏起來。

「而夫人，絕對不准再看向其他的小狗。」林眞一指尖用力，狠狠地在最敏感的地方轉了一個大圈。

劇烈而陌生的摩擦刺激讓劉傾夏感到一陣天旋地轉，眼前一片空白，只能無力地張口，唾液沿著唇角滴落。

林眞一低下頭，把夫人最後被送上高潮時的尖叫，深情款款地吻進唇裡。

天亮後，劉傾夏的傷口重新做了縫合。

林墨南趕來時，就察覺到病房裡詭異的氛圍。

劉傾夏臉色病懨懨的，林眞一則是看上去格外精神，只是一直小心翼翼偷瞄她，兩個人都悶聲不說話。

他一頭霧水，只能先關心臉色格外慘白的劉傾夏，「傷口怎麼突然裂了？」

劉傾夏咬牙迸出一句：「被瘋狗咬了。」

林墨南更困惑了，「病房裡哪來的狗？」

林眞一坐不住，囁嚅了句要回家煮雞湯給夫人補身體，就垂著頭一拐一拐離開。

劉傾夏望見她搖晃的背影，本能地生起一點心疼，但又隨即責備自己居然還會心疼那隻狂犬，到底是她瘋了還是林眞一瘋了？

她實在太習慣把林眞一當成孩子、當成需要被保護的人，然而就是這樣的女孩，昨晚發狂似的在她身上肆虐，把她弄得傷痕累累又欲仙欲死。

是她把林眞一養成了一個偏執的惡魔嗎？

林墨南審視著她，忽然皺眉問：「妳脖子上那什麼紅紅的？」

劉傾夏悚然一驚，隨即撇頭，用髮絲遮蓋住林眞一的吻痕，「蚊子叮的而已。對了，林眞一被綁架那晚，那個姓黃的男人提到的房地產商，找到了嗎？」

「找到了，不過他的據點就在警局旁邊，我不好動手，只用正常客人的身分問了他幾句。他老奸巨猾得要命，什麼有用的都沒說。」

劉傾夏瞇著眼，「沒關係，我就喜歡嘴硬的。天下沒有不透風的嘴，我就不信我問不出東西。」

林墨南在心裡默默爲那位地產商點上蠟燭默哀，「總之，等妳好了再說吧，唐老那邊的壓力我會先扛著。」

「他又爲難你嗎？」

「畢竟這次開發案吃了他不少錢，而且，唐老最近不知道怎麼回事，心情特別暴躁。」

「什麼時候開始的事？」

林墨南歪著頭回憶，「大概就是李騰光出獄後的那段時間吧，不過唐老根本不會過問這些事情，大概只是時間重疊到罷了。」

劉傾夏若有所思，半晌才慢慢張口：「開發案的事你就別擔心了，我會去處理，你只要顧好自己和林眞一。」

林墨南點點頭，正要離開時，劉傾夏又補了最後一句，「還有，以後別再讓林眞一來我病房了。」

他不解地想要追問，但劉傾夏的眼神足以讓他識相地閉嘴，做了個把嘴巴拉上拉鍊的動作後就逃之夭夭。

劉傾夏沒有想到，林眞一確實沒有來了，東西卻天天來。各式各樣的煲湯沒有停過，穿插著各種她偏好的小點心，每天都親自送到門邊，人不敢進來，只能託門口的小弟幫忙拿到她床邊。

劉傾夏知道林眞一在看，所以每次都讓小弟當著少女的面，把她辛苦熬了一晚的湯倒掉。

原本以爲這樣的態度足夠清楚，結果林眞一比她還固執，依然每天送各式各樣的補湯和食物來，即使見到她倒掉也不走，默默在門口當門神，趁著護理師進出的短短時間，在門口遙遙看她一眼。

如果不知道前因後果，這簡直是令人感動落淚的行徑。

但劉傾夏現在已經太了解，那不過是林眞一故作無害的僞裝。劉傾夏就是受不了那種眼神，明明犯了錯的人是她，卻還裝得那樣無辜可憐。

某天午後，劉傾夏聽完手下匯報、處理完公事後，困倦地沉沉睡去。

睡著沒幾秒，她就被突如其來的觸感驚醒。

她睜大眼睛，眼前是林眞一放大的臉，少女磨蹭的唇瓣封住她的驚呼，吻得更深，另一隻手往下探去。

劉傾夏又驚又怒，下腹熱流湧動，林眞一俯視著她的眼裡慾望濃重，幾乎要將她淹沒。

「夫人，妳也是喜歡我的。」

劉傾夏正要否認的那一刻，眼前的畫面驟然消失。她睜開眼，好幾秒後才醒悟到，剛剛那只是夢境。

夢境是最眞實的潛意識，無可隱藏。

她按著劇烈起伏的胸口，不可置信地想，難道自己有一絲可能眞的動了心嗎？

她心裡被點燃的究竟是慾念，還是不敢承認的愛戀？

劉傾夏心思混亂，抖著手指想拿水杯，然而受傷無力的手沒有抓穩，鋼杯滾落在地，撞出的聲響馬上引來門口的關注。

走進來的是林眞一，她關切地問：「夫人需要幫忙嗎？」

劉傾夏馬上板起臉，「誰讓妳進來的？出去！」

林眞一的視線飛快地在她身上掃一圈，確定人沒事後，才默默蹲下身撿起杯子，「我拿去洗一洗，再幫妳倒新的水。」

「不用了，走開。」

「夫人不要生氣，我洗完裝好水就走。」

林眞一臉上的表情又是那副隱忍的楚楚可憐，低著頭走出去。

劉傾夏目送她的背影，矛盾感在心裡劇烈交戰。

即使林眞一做了如此過分的事，看到她面露難過的瞬間，劉傾夏還是下意識想去安撫。她氣惱地躺倒在枕頭上，不懂自己怎麼突然如此同情心氾濫。

「裝滿溫水了，需要的話再叫我。」林眞一拿著杯子走回來，放進吸管方便她喝，又順手調整她背後的靠枕。

劉傾夏看對方殷勤又細心的動作，冷漠的逐客令卡在喉間，再次對上林眞一抬起的目光。

兩人視線膠著幾秒，劉傾夏先轉過頭，「妳走吧。」溫熱的指尖卻覆上她後頸，輕輕滑動的觸感勾起一片雞皮疙瘩，「夫人打算永遠不理我嗎？」

劉傾夏像炸毛的貓聳起肩，側身避開，「別碰我，滾！」

聞言，林眞一站在原地不動。

她知道那晚自己越線了，不只越線，簡直是把劉傾夏最在意的自尊踩在地上，她活該受劉傾夏的懲罰，可她當時別無辦法。

她從未學過如何好好愛人，也想不到其他方式來宣洩她洶湧的情感，只想得到最原始的占有。

林眞一收回手，半蹲跪在病床前，望著劉傾夏不肯直視自己的側臉，聲音低啞道：「對不起，妳要怎麼罰我，我都會承受。」

窒息的沉默像宣判死刑前的漫長煎熬，良久後，劉傾夏看也不看她，冷冷地說：「我對妳無話可說，要懲罰妳，我都嫌浪費時間。」

林眞一聲音更低，「可是，我們已經不可能回到以前的關係了，夫人直到現在還不想面對嗎？」

劉傾夏回過頭，用力揮翻了杯子，鋼杯墜地的聲響再度縈繞在病房裡。剛裝好的水潑濕了林眞一的側臉，水珠緩緩滑落，配上少女平靜卻絕望的眼神，就像無聲的淚。

劉傾夏沒受傷的手指緊緊抓著床單，胸口急遽起伏，又怒又怕。氣的是即使做了這麼過分的事，林眞一還不知道退縮，還在討價還價；怕的是，在不願承認的內心深處，劉傾夏知道林眞一說得沒錯。

她們逾越了界線，永遠、永遠不可能再回到過往的僞母女關係了。這是不對的。

她自欺欺人地張口，語氣漠然：「我沒什麼要面對的，是妳該來求我原諒。」

林眞一向前靠在病床的邊緣，無視水窪慢慢沾濕膝蓋，一字一句說得很慢很重，「我錯得太過頭，所以不會求妳原諒。但是夫人，我想要妳記得，我可以爲妳做任何事。只要妳想，我會是守護妳的天使，也不怕爲妳變成惡魔。」

劉傾夏冰凍的心臟像被強行敲開一道裂隙，再怎麼想裝著若無其事，裂痕仍一點一點瓦解冰層。

林眞一輕輕扳開女人拽著床單的手指，小心翼翼捧住，直到女人冰冷的手慢慢變暖，「夫人可以把我當神燈，把我當劊子手，把我當寵物狗，我都會心甘情願接受，所以……」

她吻在劉傾夏的手背上，「請不要離開我。」

半個月後，劉傾夏終於可以出院返家休養。

雖然身體已無大礙，劉傾夏還是需要靜養，日常生活都要格外留意不能累到。

於是在林墨南的堅持下，他們這毫無血緣聯繫、也不存在眞實夫妻關係的一家人，難得同時住回了同一間房子。

當晚的餐桌上，林墨南一邊大口喝著林眞一烹煮的泡菜湯，一邊讚不絕口道：「以後我天天回家，天天吃我們小眞煮的晚餐。」

劉傾夏冷笑著，一口都沒碰那晚餐，只是自顧自擺弄著讓小弟們買回來的食物，「唐老會讓你可以天天回家？別笑死人了。」

林眞一捕捉到關鍵字，敏銳地追問：「所以你們平常都在幫唐純媛的父母做事嗎？」

劉傾夏搶在林墨南開口之前先截斷話題，「不關妳的事，吃飯！」

儘管她口氣很凶，但林眞一還是稍稍放鬆了緊繃的肩頭。至少這是劉傾夏主動對她說話，哪怕只是一句命令，也比她之前的冷漠以對好多了。

等林墨南回去自己房間，劉傾夏還在慵懶地撥弄著自己的食物。

林眞一猶豫了下，鼓起勇氣開口：「這是我煮了很久的湯，我知道夫人愛喝泡——」

「不用了。」劉傾夏毫不留情地打斷。

林眞一低著頭，「夫人……還在生氣嗎？」

「妳覺得我能不生氣嗎？」劉傾夏怒極反笑，終於把視線移向她，「或許該檢討的是我，是我把唐純媛好好的女兒養成了這種惡魔。」

林眞一安安靜靜坐在那邊，沒有反駁，只是臉上又自然流露出那種被拋棄般脆弱無依的神情。

劉傾夏費力告誡自己不要再度心軟，於是轉開視線，「不用那副好像我欺負妳的表情。」

林眞一居然還有臉接口道：「我知道那天是我欺負夫人，可是夫人不是也很舒服嗎？妳還高——」

「閉嘴！」劉傾夏飛速看一眼林墨南緊閉的房門，「我說過，那天的事我會當作自己被瘋狗咬了，之後妳不准再提起，懂嗎？」

她不等林眞一做出反應就逃開了，不過還是沒有快到遮掩住她泛紅的耳朵。

劉傾夏的生氣期很長，接下來幾天仍故意不吃林眞一煮的東西。但是一、兩週過後，她終於也懶得餐餐叫小弟買，開始會吃點林眞一每天留在餐桌上給她的那份食物。

林眞一把姿態放到最低，每天除了料理三餐和家務，從來不對同住一屋簷下的夫人再有任何踰矩的動作，只是在夫人每次稍微搭理她時，努力把握機會討好。她相信夫人很吃這一套。

夫人不會愛她也沒關係，她要的，只是夫人身邊獨獨有她而已。

傷癒後，劉傾夏再次回到唐宅稟告開發案的調查狀況。

情形不太樂觀，房地產商果然非常固執，需要更多時間才能撬開他的嘴。然而面對這個壞消息，唐老意外地沒有太生氣，反而只追問兩句就輕輕放過。

劉傾夏心裡暗自驚訝，這不像唐老向來的作風，她小心地戒備著。

果然唐老話鋒一轉，「李騰光的事眞是驚險，妳的身體狀況都還好嗎？」

她一時沒想到唐老會問這些，微笑地應付，「復原得差不多了，所以才能來見您嘛。」

唐老輕笑，眼睛周遭的笑紋太深，堆疊著反而看不清臉部的眞實表情，「妳是眞的很愛我的外孫女，才會拚了命得想保護她啊。」

劉傾夏原本翹著腳的坐姿一僵，放下腿，背脊緩緩直了起來。

以前唐家從不承認唐純媛未婚生下的女兒，甚至還發生過買通保母要殺害孩子的事件，這也是她堅持要把林眞一帶到自己身邊撫養的原因。現在唐老突然換了稱呼，一副親外公的派頭，肯定有什麼盤算。

表面上，她只是悠閒地應道：「寵物狗養了多年都會有感情，何況是人？」

唐老緊緊盯著她，「那麼，爲了這條寵物狗好，是時候該換個環境讓她好好成長了。」

劉傾夏瞇起眼，思忖片刻，一針見血戳破了唐老的盤算，「您是想要林眞一來取代我的位置嗎？」

老人聞言，只是輕蔑地往後靠，「取代？當然不是。她可不像妳只是外頭撿來的，是我們唐家眞眞實實的血脈。如果她回來，不會只擔任那些陪男人喝酒應酬的工作，而是會被當成唐家的下任接班人來培養。」

劉傾夏不笑了，微微向前傾身，「這麼多年了，唐老怎麼會突然想起自己還有個外孫女？還是，您突然想起來年紀大了，身邊卻沒有人可以繼承您的位子？」

唐老摩娑著大拇指上碩大的寶石戒指，緩聲道：「妳是聰明人，劉傾夏。妳知道妳不可能接得了我的位子，也該知道那個女孩跟著妳學不到什麼東西。我年紀大了，只有唐純媛一個女兒，但妳也清楚……純媛看樣子，是永遠恢復不了正常模樣了。我需要一個年輕、可以栽培的後代回到我身邊。」

劉傾夏默然聽著，心裡有兩道聲音劇烈對峙著，一邊理智地告訴她唐老所言有些道理，一邊卻是她心底根深蒂固的直覺叫囂著，讓她不要輕易相信唐老。

最終，她冷冷啓唇：「如果我拒絕的話呢？」

她要逼出唐老的底線，她不信壞了一輩子的人，老來會突然轉性。這人肯定有他的底牌。

果然，他冷冷一笑，揚手取來一個紙袋，將裡面的照片倒到她眼前，「我信奉的原則是，無法被我掌控的人或東西，我寧可毀掉。」

劉傾夏低頭，緩緩撿起照片，表情凝固在看清照片時的那一瞬間——畫面上是在工廠裡，奮不顧身持槍面對李騰光的林眞一。

「我知道眞正開槍的人是誰，也知道自衛殺人的法律，但是法律嘛，總是有讓人解釋的空間。我就把話說明白，如果妳不去把林眞一帶過來，這些照片就會出現在檢察官手上。到時候即便妳使盡渾身解數和我作對，把林眞一的殺人嫌疑洗清，記錄還是會留下，審訊期間該受的罪，她也一樣都不會少。如果妳失敗，說不定林眞一還會直接被送進少管所。」

劉傾夏艱難地放下照片，冷冷問：「你不怕我把這些直接告訴林眞一？」

「我還不夠了解妳嗎？妳都肯豁出性命把她小心翼翼養大、不讓她接觸任何妳和林墨南做的事，會捨得告訴她這些？何況，即使說了，也不會影響我的計畫，只會讓她更痛苦而已。」

劉傾夏死死瞪著他。

唐老勢在必得地拍了拍劉傾夏的肩，「我相信妳會好好選，怎麼樣對林眞一才是最好的。」

從唐宅回家後，劉傾夏沉默不語地坐到餐桌前。

正在廚房忙碌的林眞一還沒換下制服，沒有發現劉傾夏。她站在湯鍋前，一手撩起長髮避免沾到湯汁，一手認眞地拿著小勺子在試味道。

雖然生著相似的容貌，但細看就會發現，其實林眞一和唐純媛也沒有眞的長得這麼像。嬌生慣養的唐純媛鮮少碰這些家務，更沒有林眞一做什麼都無比認眞的執著。

林眞一專心烹調的樣子看上去很可愛，很像一場過度正經的扮家家酒，她沉溺在遊戲裡，即使沒有玩伴，也依然堅持玩下去。

爲什麼她也不知不覺相信了這些角色扮演呢？明明知道林眞一終歸不會一直待在她身邊。

劉傾夏知道總有一天，林眞一會成長，會懂事，會領悟她對自己的感情僅僅是青春歲月裡一時的綺麗衝動。人的一輩子很長，能陪她走向巔峰的，不會是一個爲了家族陪笑賣命、無憑無根的孤兒。

她和林墨南是沒有明天的人，所謂前途和未來，離他們太過遙遠。

現在，劉傾夏必須爲林眞一的未來考慮，不能自私地仗著林眞一的執愛，把原本有大好前途的人留在身邊。

林眞一這時從湯鍋前回過頭，發現劉傾夏坐在餐桌邊，眼睛隨即亮了起來。

劉傾夏想一想，畢竟是最後一次了，乾脆招了招手。

林眞一眞的像隻乖巧的小狗靠了過去，眼睛亮亮的，只裝載著她。

視線相觸那一秒，劉傾夏刀槍不進的心忽然酸澀了一下……爲什麼不呢？現在的她唯一能給林眞一的，也只有這個了。

劉傾夏維持著坐姿，抬手固定住林眞一的後腦，逼著人彎腰，仰頭吻了上去。

林眞一先是全身一僵，很快反客爲主，熱情回吻過來。

劉傾夏不讓她占據主導權，像在教小狗如何狩獵般手把手示範，硬是讓她放慢節奏。女人先是在唇上愛撫地輾磨，然後才撬開林眞一的齒列，滑進舌頭，讓彼此的氣息交融。

慢一點，可以再慢一點，不要這麼快就離開。

兩人的呼吸都遽然加快，林眞一吻得越來越濃烈，忍不住上手揪住夫人背後的衣服，依戀地收緊手指。

如果是夢，林眞一寧可永遠沉溺，不要醒來。

劉傾夏畢竟傷重初癒，比林眞一更早喘了起來，抽身退開，畫著豔麗大紅的唇邊還沾了縷曖昧的銀絲，藕斷絲連。

林眞一看著她的眼神很燙，劉傾夏伸手勾了下女孩的下巴，「學會了嗎？」

小狗經不起激，馬上低頭追了過去，這次劉傾夏沒有躲，只閉上眼沉浸少女不顧一切的熱情。少女吻得絕望，像是再也沒有第二次機會，狠狠掠奪劉傾夏的所有呼吸。

不知過了多久，湯鍋沸騰的聲音終於打斷這場親吻。

林眞一紅著臉匆匆地過去關火，又跑回她身前，正想繼續伸手，劉傾夏卻輕輕退開了。

她望見少女眼底燎原的星火，那麼眞摯而滾燙，她卻只能慢慢開口：「眞一，從明天開始，妳不能再待在我家了。」

劉傾夏一說完就起身想走，不想再多看一眼林眞一的表情。

但是少女一把拉住她手臂，語氣雖然力持鎭定，仍能聽出驚慌，「爲什麼？」

劉傾夏別過臉，冷聲道：「妳都對我做出這種事情了，還問我爲什麼？我不會留一個不定時炸彈在我身邊。妳會被送回妳的外祖父母家，明早就走。」

林眞一攔在她面前，清秀的小臉上唇瓣緊抿，依然是懇求與溝通的姿態，「對不起，夫人，我永遠不會再不經過妳允許做這件事——」

「不會再有什麼允許！」劉傾夏臉頰發燙，粗魯地打斷她。

林眞一不願放棄，「剛才的吻呢？妳明明也很享受，不是嗎？」

劉傾夏見到她這樣的態度，知道話不說狠一些，無所畏懼的少女是不會退縮的，只得咬牙拋下最有殺傷力的話：「妳第一次對我動手動腳時說過，我只是把妳當做替代品。妳說對了，就連剛剛和妳接吻，我想像的都是和唐純媛一起，這樣妳懂了嗎？」

房裡一片寂靜，林眞一站在那裡，背景是冒著溫暖白煙的湯鍋，而她的表情劉傾夏這輩子都不會忘記。乾淨端莊的面容，此刻像碎了的瓷器，一道道裂痕如此明顯，卻還是竭力拼湊著潔白完美的樣子，因爲這是她的主人曾經喜歡的面容。

劉傾夏看不下去，想要落荒而逃，卻聽到少女緩緩開口道：「我沒關係。」

她不敢置信地抬頭，看著林眞一慢慢勾出微笑，眼角的淚光被輕輕眨去，沒有落下。

「我知道我是，我也甘願做唐純媛的代替品。」

「即使妳永遠取代不了純媛，也沒關係嗎？」

林眞一的微笑在顫抖，「我知道我取代不了她，但如果可以給夫人多一點的慰藉就好了。夫人，妳曾經說過我不懂什麼是愛。沒錯，我不懂，但我知道，我只希望夫人能夠快樂平安，哪怕妳永遠只會透過我看著另一個人也無所謂。」

她慢慢往前，握住劉傾夏冰涼的手，「而且夫人，或許妳自己沒有發覺，妳剛剛說那些話的時候手都在顫抖，這代表妳不是完全不在乎我的感受，所以才會這麼緊張。這樣就夠了……對我來說，這樣就夠了。」

林眞一把她的手翻過來，吻落在柔軟掌心上，眼神裡透出清澈的決心。

「夫人，妳把我當成寵物狗，但我其實是隻狼，除非我死，否則別想讓我離開領地。」林眞一懇求地望著劉傾夏，心底的盼望慢慢冷卻。

良久後，劉傾夏在少女絕望的眼光裡，一點一點抽回手。

林眞一沒有動彈，站在原地看著地板，心臟處被一點點蝕空，想哭卻又落不了淚。是她活該不配獲得期盼了這麼久的溫暖，還有十六年來的家。因爲她逾越了不該觸碰的倫理界線，違背本意傷害了夫人。

她沒有哭，因爲她始終沒有學會怎樣作爲一個正常人去感受與表達，所以才犯下無可饒恕的罪孽。

過了好一會兒，林眞一才意識到自己遲遲沒有聽到劉傾夏走遠的聲音，倏然抬頭，望見那雙精緻的眼眸還在看自己，哀傷而沉重。

「林眞一，我或許從來不是合格的媽媽或保護者，不過有件事，我還是得要告訴妳。」

林眞一迷茫地望進劉傾夏堅定的凝視。

「愛不應該是委屈求全。如果任何人必須讓妳放下尊嚴去迎合，甚至是把妳當作替代品而非首選，那都不該是愛，妳明白嗎？」

林眞一還沒有回答，一通來自唐家的電話又響起來，劉傾夏轉過身去接，眉間擰起，「唐老在皇城酒店約了局嗎？知道了，我現在過去。」

劉傾夏回頭看林眞一，少女依然是魂不守舍的狀態，但時間太緊迫，她只能匆匆按了下少女的肩，「我出去一趟，妳自己趕快吃晚餐。」

不等林眞一回答，劉傾夏就迅速離開了，留下她獨自面對偌大空曠的房子。

恰如劉傾夏當時對林墨南的嘲笑，雖然三人都同住在一起了，可是她和林墨南天天忙碌，仍然少有在家陪她的時間。

都是騙子呢，可偏偏又都是對她很好的騙子。

林眞一重重抹了把臉，想到剛才劉傾夏電話裡提到的地址，心裡微微一動，模糊的念頭轉了幾圈，慢慢清晰起來……她決定自己去看看。

劉傾夏想把她交回去給唐老，可是唐老到底是什麼樣的人？她名義上的雙親，又在幫唐家做什麼事情？

不讓她知道也沒關係，她自己會去找出答案。

林眞一叫車追到酒店，卻驚覺自己的裝扮在這裡顯得太突兀。她想起林墨南帶她闖進精神病院時的方法，伺機混在一群醉酒的客人裡悄悄闖了進去，在一個藏在角落的梳妝間裡成功找到一排酒店小姐的禮服。

林眞一自嘆自己不愧是林墨南養大的，作姦犯科的小動作也是超乎常人地熟練。她匆匆換上細肩帶禮服後，對鏡一看，又抓起梳妝檯上不知是誰的口紅擦了下，這才款款走出去。

她不知道唐家的會面地點在哪裡，只得隨手抓了個服務生，微笑問道：「不好意思，我是新來的，剛剛換裝出來晚了。上面要我去陪唐老主辦的局，你知道是哪間包廂嗎？」

服務生一臉狐疑地打量她，但林眞一的表情永遠無懈可擊，他沒看出什麼端倪，「妳說的是唐家那兩個走狗嗎？唐老這種等級的怎麼可能親自來，來的都是那對夫婦。」

林眞一微笑，不慌不忙接著改口道：「我知道，只是主辦的還是唐家，他們不過就是跑腿辦事的，對吧？」

服務生聳聳肩，這下子不疑有他，告訴了她包廂號碼。

走過去的路上，越靠近目的地她心跳得越快，就在伸手推門時，門突然從裡面被打開了。

高頻的笑語聲當頭砸來，一個顯然喝醉了的西裝男子一手拽著一個掙扎的女人往外走，裡頭的人還在起鬨，「哎唷，高議員也太急了，人家老公還在這邊呢。」

被叫做高議員的男人大著舌頭，醉得口無遮攔，「誰都知道林墨南是個吃軟飯的，劉傾夏誰都可以玩。傾夏寶貝，妳幫唐家拉這個局不就是想用美人計嘛，我願意上勾，妳說好不好？」

林眞一腦中一片空白，掙扎的女子抬起頭，嬌豔的臉蛋上毫無表情，但顯然已經被灌了好幾杯，連脖子都泛著紅暈——像那晚在醫院床上時一樣。

在男人的拉扯之間，林墨南趕了過來，一把推開高議員的手，聲音仍然隱忍著，「您喝醉了，我請人送您回去。」

「唉，都別裝啦，你們不是想要開發案的拍板地點嗎？我跟你們說，我都知道，你們讓傾夏寶貝陪我一晚，我就都跟你們講！」

林眞一再也忍不住了。她當著所有人面走進去，掃視一圈酒桌，拿起一杯倒滿的酒，回身狠狠潑上高議員的臉。

全場的笑語都凝滯了，高議員驟然被兜頭一淋，整個人清醒過來，隨即暴跳如雷。

劉傾夏被他推得一個踉蹌，險險站住，不可置信地望著眼前的林眞一。

還是林墨南反應夠快，眼看今天的局反正都是條談不攏的死路，於是笑嘻嘻地對裡面一鞠躬，「大家盡量喝，這攤算我們請。」接著拉上兩個死死互瞪的女人，迅速走出包廂。

一直到林墨南把車開來，劉傾夏才開口：「你先走，我有話要和林眞一說。」

林墨南見她們兩人氣氛不對，原本想要勸說兩句，瞧見劉傾夏陰沉的臉色，還是把話呑下去，嘆了口氣，「知道了，那我先回去向唐老覆命。」

他車一開走，劉傾夏竭力撐著的氣就散了。她靠上離自己最近的一根柱子，空洞的聲音在地下停車場裡盪開，「林眞一，妳到底來做什麼？看到我最不堪的模樣，滿意了？」

她最不想給林眞一看到的，就是這樣的自己。

出賣色相、流連歡場然後完成任務，似乎已是她的日常，那些被日復一日侵蝕的尊嚴早就被她拋棄，唯獨在林眞一面前，她還想維持身爲長輩的形象。

她畢竟是林眞一的養母，不能做好榜樣也就算了，至少不能讓孩子看到她不値得效法的一面。

林眞一閉上眼，一下一下地深呼吸，極力抑制著情緒，「這就是妳的工作嗎？妳幫唐家做事，原來做的是這種事情？」

「我能有別的選擇嗎？我欠唐家的，欠唐純媛的，只能這樣還。」她語聲疲憊，「妳放心，妳是唐老的親外孫女，不至於這樣對妳。」

「妳以爲我在乎的是這些？」林眞一的語聲苦澀，停頓一下，艱難地組織語言，「我只要想到這麼多年來，在我看不到的地方妳都是被這樣對待，我就覺得呼吸不過來。妳是我……最珍惜的人啊。」

最後一句話像一把重錘，狠狠擊中劉傾夏心底。

最珍惜的人。從來沒有人這樣對她說過。

收養她的唐老不會，不曾接受她感情的唐純媛不會，沒有夫妻之實的林墨南也不會這樣說。所以這麼多年來，劉傾夏習慣打落牙齒和血呑的倔強，是因爲沒有人能承接她偶爾的軟弱。

但現在林眞一說，她最珍惜她。

說話的人明明還是個孩子，卻偏偏一臉眞摯，發自肺腑想把所有感情都掏出來，獻寶似的遞到她面前。

「……傻子。」

劉傾夏伸出手，輕輕拍拍林眞一的臉。

林眞一突然傾身，眼底盡是狩獵時見了血的野性，用力將劉傾夏按向牆壁，還記得用手掌在她後腦杓墊了一下，以免她撞到頭。

林眞一仰起頭，重重吻上眼前如此脆弱又美麗的夫人。

她是一頭初嘗過肉味後餓了好久的惡犬，此刻不得章法地用下身蹭著夫人。她只知道如何服侍夫人，卻不知道怎麼紓解自己越來越膨脹的慾望。

劉傾夏沒有抗拒，閉上眼任由林眞一放肆索取，在這個狼狽而尊嚴盡失的夜晚，她不想再假裝自己還能守好界線。反正打從她在林眞一身下被進入的那瞬間，她們就再也回不去了。

也不想再回去了。

第六章　虎穴

地下室停車場無人經過的角落，交疊的黑影緊緊糾纏。林眞一小口地喘息著，手指滑過夫人赤裸的臂膀，撒嬌般往前蹭，慢慢握起劉傾夏遲疑而蜷曲的手指。

酒意上頭，劉傾夏被她牽引著，手指似有若無摸進林眞一的腰側，慢慢往下滑。

少女的肌膚滑嫩如緞，體溫幾乎和飲酒的她一樣高，透著年輕蓬勃的暖意。劉傾夏竭力撐著最後一絲自制，「不行，我手沒有洗，太髒了。」

林眞一眼巴巴看著她，懇求似地往前頂，「可是我好熱，夫人。」

「妳靠這麼近當然熱。」劉傾夏這種時候依然嘴硬，酒精加上女孩刻意的靠近，刺激得她理智渾沌，掐著林眞一腰部的手也有些失去輕重。

「摸摸我。」林眞一的聲音低到幾乎聽不見，她還穿著剛剛偷來的禮服。

劉傾夏的手輕易就撥開下襬開衩的地方伸了進去，指尖勾在內褲邊沿，從底下直接探了進去。

這是林眞一第一次被這麼觸碰，在劉傾夏探入的瞬間難以克制地低喊了出來。

「噓——」劉傾夏一手緊緊摀住她的嘴，挑眉道：「那次在醫院不是很能玩嗎，這樣就受不了了？嗯？」

她控制不住力道，動作粗暴，林眞一默默承受著，額角青筋隱隱浮動。她們在無聲地角力，劉傾夏像一個強硬的拓荒者把岩石一點一寸鑿開，摸進更裡面不曾有人觸碰的嫩肉，惡意地在上面打著轉，最後摸到了泉水逐漸湧出的地方。

林眞一幾乎站不住腳，一隻腿被劉傾夏扛到了臂彎上，徒勞地纏上夫人的腰。她體內的熱度沒有降下，那種每次想起夫人時都會在下腹燒起的空虛感，居然還在加重、變濃，混合酥麻的痠意擴散到四肢百骸。

劉傾夏的指尖仍在不停深入，侵略似乎永無止境，像是可以直接這般挖到她的心臟，逼她臣服。

兩人的心跳聲此刻都震耳欲聾。

未成年，同性戀，母女，替身，公共場合……隨便一個關鍵字拉出來，都是不應該在這裡做愛的理由。

「受不了了嗎，這麼嬌氣？」劉傾夏報復般地狠狠搗弄，氣音咬得很小聲，像蛇信徐徐鑽入林眞一的耳中，「看著我……我說，看著我！」

劉傾夏加重力道粗暴地插弄起來，林眞一在叫出來的前一秒傾身咬住了劉傾夏的肩膀，她滿臉潮紅，側頭時看見了劉傾夏的表情——又狠又愉悅，像一個獵人鎖定獵物後，看她插翅難飛的樣子。

她想退開了，但痠軟感逐步攀升、堆疊，春潮和劉傾夏進出的手指交雜出了水聲，黏膩又嬌媚。林眞一一直以爲自己是控制欲很強的人，此刻她才知道，如果是化成野獸的夫人，她情願臣服。

「想不玩就不玩啊？沒有這麼簡單的事。」

劉傾夏換了個位置，將林眞一狠狠壓在柱子上，冰涼的水泥牆壁蹭著少女早已挺立的幼小乳尖。她不容許退縮，靠在林眞一耳際，森森地磨了下牙，「妳在醫院怎麼對我，我還沒忘記，剛剛還有臉吵著要我幫妳？現在我幫了，所以給我乖點，不要亂動。」

林眞一被體內陌生的快感折磨得說不出話，向來整齊的黑直髮亂七八糟貼著光裸的肩膀，像草草塗開的黑色顏料，被汗水濕透。

她這樣破碎的人，愛是用一片片撿來的，外人看來卑微得要命，只有她還喜孜孜地把那些碎片珍藏如寶，覺得這一小片是她的，那一小片也是她的。

所以她珍視林墨南偶爾的陪伴，珍視劉傾夏難得的友好，這些對她已是全部得到的寶藏。即使是夫人這點算不上溫柔的情感，也在此刻被她小心地攏進懷裡。

至少這一刻，她肯定劉傾夏想的是她，是那個在醫院病床上放肆的少女，而不是遠在天邊、天眞美好的唐純媛。

劉傾夏的整個手掌都濕透了，更方便她就著潤滑把手指一根根塞進去，也沒有太想管林眞一是不是第一次。

林眞一全身都開始發麻，劉傾夏卻還是冷著一張豔色奪人的臉蛋，手指一刻沒停，或輕或重輾壓過每一寸皺褶，每次進入時手掌還若有似無地撞擊著花蒂，比林眞一之前全憑本能的動作老練得多。

林眞一只想死在這裡，在這一刻，全世界只有她和夫人，只有小狗和牠漂亮的主人。

劉傾夏終究沒有太忍心讓她承受太久，稍微用了巧勁刮了內壁一下，少女就抽著氣攀上高峰，而後身子軟下來，清秀的雙眼皮往下垂落，靠在劉傾夏的肩膀上重重喘息起來。

劉傾夏草草幫她擦拭了下，快感過後，兩人面對面等到彼此的喘息逐漸停止。外面紛擾的世界又伴隨著無數難題，當頭砸了下來。

林眞一抬起頭，看見劉傾夏漸漸變回冷靜的樣子，輕聲道：「夫人，不要送走我，好不好。」

劉傾夏沒有回答。

林眞一眨著水光瀲灩的眼睛，「他對妳和林墨南這樣，根本不是個好人，夫人捨得把我送去那樣的人手下嗎？拜託，我不想去，求求妳不要讓我去——」

夫人一把按住她的嘴，用的還是剛剛肆虐的手指，林眞一嗅到了淡淡的腥味。

「夠了，我知道了。」

林眞一立刻乖巧地閉嘴。

劉傾夏輕輕轉了轉用力過度的肩頸，腦中無數思緒同時奔騰而過。她知道一時半刻拗不過林眞一，不過還是想再次和小孩說明選擇的利弊。

「妳外祖父確實不是所謂的好人，可世界上不是只有分成好人與壞人。唐老在政界與商界的人脈很廣、資源也多，妳到他身邊可以有更好的前景，而那些是我給不了妳的。」

「我不需要，」林眞一堅定地搖頭，「夫人身邊，是我唯一想待的地方。夫人總覺得我是小孩子，但是要變成大人的其中一個途徑，不就是要自己做出選擇，然後對選擇負責嗎？」

她伸手，輕輕拽了下劉傾夏的衣角，說著故作成熟的話，動作卻依然透出依戀的孩子氣。

林眞一說得沒錯，如果永遠只先幫她做好選擇，她不會成長。

劉傾夏垂著眼，天人交戰後終於下定決心。她得讓林眞一自己決定。而且，如果她想開始試著信任林眞一的選擇，有些事情還是得讓林眞一知道。

「但是他拍到了妳殺李騰光的照片，並以此做威脅，要讓他放棄這個念頭，我必須採取主動。這段時間妳聽話點，不要再給我惹事，明白嗎？」

她得讓那男人自顧不暇，所以暗中計畫的事情，必須提早進行了。

林眞一對於唐老的手段沒有驚訝，只是擔憂地連連追問：「夫人要做什麼？」

劉傾夏淡淡垂眸，說出的話帶著肅殺意味，「我要毀了唐家，只有那樣，妳和純媛才能自由。」

林眞一握緊手指，她看得出來劉傾夏並不喜歡這樣的生活，卻不曾想到，劉傾夏會有這麼明確想摧毀唐家的想法。

但只要劉傾夏想要，即使唐家是林眞一血緣上的根源，她也會毫不猶豫站在夫人這一邊，「我可以幫妳，我可以裝作和夫人決裂，去唐老身邊擔任內應來幫忙夫人。」

劉傾夏斷然拒絕：「我不想牽扯妳，無論我和唐家誰勝誰負，妳和林墨南都要好好活下去，不受我牽累。」

林眞一望著夫人重新戴上面具後，那張強悍冷漠的臉龐，知道自己現在無論說什麼夫人都不會聽。

劉傾夏就是這麼獨斷霸道，寵是單方面的寵，保護也是單方面的保護，自己落得一身傷口也不肯認輸，隨時可以爲他人犧牲。

林眞一緊緊抿住唇，神色冷寂了片刻才徐徐開口：「夫人現在保護我，是爲了我，還是爲了我媽媽？」

劉傾夏已經理好凌亂的鬢角，回頭看她一眼，半張臉藏在暗影裡，淡淡地避重就輕，「這有區別嗎？別又耍小孩子脾氣。」

林眞一不再說話，只是依戀地蹭了蹭劉傾夏的肩膀，把嘆息吞進嘴裡。

有區別，當然有區別。但她已經沒有鬧脾氣的機會了，如果她不想活在唐純媛的陰影下，永遠當一個被保護的弱者，眼前就只有一個方法。

她必須在這場劉傾夏布下的棋局裡，從被守護在身後的公主角色脫離，往前站到和騎士比肩的位置。

這回，她不會讓夫人再次在她面前受傷。

深夜的飯店房間裡，江特助撐著手臂看向一旁劇烈喘息的林墨南，有些擔憂地問：「起得來嗎？還是我抱你去浴室？」

林墨南忽然一動，翻過身，笑嘻嘻回應：「我雖然年紀比你大，也還沒老成這樣。」

江特助動了動唇，張口轉移了話題：「你拜託我查的事情，有結果了。」

「這麼快？哇，去哪裡可以找到你這麼完美的床伴。」林墨南在對方唇上飛快舔了一口就退開，拾起遞來的文件夾，原本期待的神色，隨著翻閱的動作越看越凝滯，直到徹底凍結如冰，「你在跟我開玩笑嗎？」

林墨南冷笑著把資料砸回去，「洩密者怎麼可能是劉傾夏？」

江特助在半空中一把抓住檔案夾，沒戴眼鏡時的眼神格外幽深，他反問道：「為什麼不可能？」

「她不會騙我。我們在一起這麼多年，她甚至還親自負責開發案地點的調查……」

林墨南的話說到一半就停了下來……劉傾夏心思縝密狠毒，共事這麼多年來，她從來沒有失敗、問不出正確情報的時候。可是這次開發案百般不順，重挫了唐老的銳氣，還有之前他告訴她房產商不願意配合時，她不動聲色接下了這個原本應該共屬兩人的任務，並且再也沒有跟他回報過進度……是巧合嗎？

江特助徐徐道：「證據擺在你眼前，信不信隨你。唐老的格言是，無法被他掌控的人或東西，他寧可毀掉。現在你得做出選擇了，林墨南。」

怎麼選？林墨南咬緊牙關，往事浮光掠影，他不想沉溺回憶，卻還是想起了劉傾夏對他說過的話。

他們自幼都是唐家養的棋子，也算是一起長大的人，被唐老命令結婚的時候，劉傾夏在婚禮上悄聲對他說：「對不起，我沒辦法像正常夫妻那樣愛你，不過我會保護你一輩子。」

當時林墨南只覺得好笑，先不說是誰能保護誰，「一輩子」這個詞說出來輕巧，實際上又有多少人能夠做到呢？

此時此刻，劉傾夏說的那句「一輩子」，他們看起來是等不到了。

劉傾夏接到林墨南電話時，剛把林眞一送回家，囑咐她不准隨便離開後，就驅車趕往他說的會面地點。

兩人平常結伴幹的壞事太多，過往約在這種荒山野嶺，通常是有哪個倒楣鬼被唐老指定要問話，如果是需要拷打才能吐出實話的人，那畫面總是不太好看。劉傾夏做足心理準備，踏進山上的空地時，心跳還是有一瞬的停滯。

空地中央的營火閃閃爍爍，連帶林墨南臉上的陰影也忽隱忽現，乾涸的血濺在臉側，還來不及擦去。

劉傾夏慢慢走向篝火旁蜷縮懇求的人影，把他翻了過來，那人已被打得鼻青臉腫，艱難地辨識了半天，臉色忽地一僵。

「這老傢伙是真的狡猾，幸好我趁他回家路上、脫離警方視線範圍後抓住了他。想不到他的嘴巴真硬，都打成這樣還沒有把人供出來。」林墨南走過來，偏長的髮在後腦杓隨意紮了個短馬尾，一腳把男人踢得又咳出一口血，「也不知道他後面的人有多厲害。」

劉傾夏沒有動彈，也沒有回應房地產商哀求的眼神，「既然問不出來就放走吧，你什麼時候變得這麼暴力了？」

林墨南沉默了下，直起身望向她，「那妳什麼時候變得這麼慈悲了？」

劉傾夏眸光一閃，大腦不及思考，長年累積下來對危險的直覺已經先一步敲響警鈴。

她的身體比腦袋更快行動，幾乎是同一時間，兩人抽槍相對，槍口筆直對準了曾經朝夕相處的搭檔。

隔著閃爍的篝火火光，在看見彼此毫不猶豫的動作時，兩人都沉下臉色。

林墨南臉上慣常的嬉笑消失殆盡，「妳和我認識這麼多年，我沒有想過有一天妳竟然會拿槍指著我。」

劉傾夏持槍的手紋絲不動，回嘴道：「我是怕你一時想不開，真的對我開槍。林墨南，我如果真心想殺你，多的是機會，你想殺我的話也是。」

男人臉上的肌肉抽動著，忽然放下槍，將槍重重砸進篝火裡，濺起一蓬絕望迸飛的火星。

劉傾夏微微鬆了一口氣，也跟著放下槍，先彎下腰檢視已經昏過去的地產商，確認對方的氣息仍然順暢後，才直起身，望著林墨南臉上複雜的神情，「我不知道你是從哪裡發現破綻，但我會處理好的。」

林墨南馬上質問：「怎麼處理？妳打算背叛唐家嗎？」

劉傾夏臉色格外蒼白，「我想過很多次會怎麼敗露，但如果是你，我認了。不管你會不會去向唐老告密，我都會把這條路走完。」

「唐老是養大我們的人，妳怎麼可以這樣對他？他大半資金都投進那塊地，年紀也大了，妳忍心看他每天爲了錢的事煩惱？」

「爲什麼不忍心？」劉傾夏冷笑，似乎終於按捺不住，「他從來沒有把我們當人看過。你忘記你被他發現是同性戀時，他是什麼反應？那時候你只有十幾歲，他硬是把你打得遍體鱗傷、跪在雨裡過夜。我們只要沒有達成任務，經常連飯都沒得吃、覺也不能睡，需要跪在門口受罰。還有，成年後我陪過的男人和你喝過的酒，每一次都讓我們痛不欲生。他忍心這樣對我們，我自然忍心這樣對他！」

林墨南抱頭將十指插進髮裡，緊緊皺著眉。

劉傾夏大步過來拉開他的手，語氣嚴厲，「你不能再醉生夢死地逃避了。這場戰爭，我無論如何都會打到最後，你可以不加入、可以去和唐老告狀，可是林墨南，你不應該再過著什麼都不堅持的人生了。」

渾渾噩噩、毫無目標地流連過一張床又一張床，什麼也不想地當唐家的狗爲虎作倀，這樣的人生與其說是活著，不如說像傀儡一樣沒有自主意志。

林墨南瞧著凶巴巴的她，記憶飛湧，又回到年輕時的一幕幕往事。

他因爲被發現同志身分而受罰時，唐純媛剛剛出事，劉傾夏的臉色總是很憔悴，卻毫不猶豫地在傾盆大雨中衝出來爲他撐傘。

兩人在一次次任務裡爲彼此掩護，看著對方漸漸長成對爾虞我詐得心應手的大人，卻還是會在結束交鋒、踏上歸途之後，給彼此揉揉僵硬的肩膀。

有了林眞一之後，兩人偶爾一起回那棟房子，也會錯覺毫無血緣關係的三人，竟拼拼湊湊組成了一個家。

他們是最親密無間的搭檔，哪怕他們之間永遠不會有所謂的愛情。

「我知道了。」林墨南狠狠拂了一把劉海，壓下聲音裡不著痕跡的哽咽，「我會站在妳這裡，誰叫我是妳老公呢。」就算是有名無實的那種。

柔軟的情感無聲滋長，劉傾夏的嘴角慢慢對他勾出一點點弧度。她知道他看得懂，自己有多感激他的支持。

「所以，妳現在打算怎麼做？」

劉傾夏陰狠地瞇起眼，「我好幾年前就開始下這盤棋。唐老退下政壇後，在政治界的影響力其實消失得很快，現在能作威作福靠的是鉅額的財富，還有過去的人脈。但是他太貪心了，他永遠想要更多，讓我們四處探聽土地開發案，或者取得內線交易的情資來賺那些髒錢，再用錢買通政商關係。可是他是多麼多疑的人啊，不管是拿人好處或給人好處，他總是會留下一筆證據，好用來日後保護自己或陷害別人。」

林墨南瞪大眼問：「妳是怎麼知道這些的？」

劉傾夏甜蜜又勾人地笑，眼底的寒意卻更盛，「在我小的時候，有一次唐老喝醉了，在書房想對我動手動腳，被他的老婆看到後，認為是我勾引他丈夫，把我關進書房裡的一個密室處罰。我被關了整整三天，那三天裡，我發現密室裡的地板夾層很奇怪，那麼髒的地方竟有一塊木板特別乾淨。我掀起來後，發現裡面都是些文書資料和錄音光碟。小時候的我還不懂，可是後來我又偷偷回去確認了一次，才敢肯定，那是他歷年行賄或幫別人做髒事的證據。」

林墨南屏息，看著劉傾夏陰涼地笑。

「後來我開始想要顛覆他，可他也在同時對我起了戒心，把木板下的證據都移走，而且再也不讓我單獨進去他的書房。這麼多年我都在等，只要他還依靠我幫他做事，每一個我經手的任務，都有可能是我未來顛覆他的資本。」

林墨南喃喃道：「妳從一開始，就沒有打算效忠唐家嗎？我以為妳會為了唐純媛永遠留在唐老身邊。」

唐純媛的名字讓劉傾夏有一瞬失神。長久以來，她也一直糾結著這個問題。在那些怨恨唐老的時刻，唐純媛一直是她留在唐家的理由。她總想著自己欠唐家、欠唐純媛，可隨時間過去，尤其是林眞一差點被派來的保母害死後，她越來越看清唐老的為人有多麼自私狠毒。

劉傾夏可以接受自己和林墨南都只是隨時可以丟棄的棋子，然而唐老為了保全政治形象，竟狠到想對唐純媛的女兒動手，這已遠遠超過她能接受的範圍。

唐純媛是劉傾夏的底線，她留下的唯一一個女兒也是。如果林眞一選擇回去唐家，她或許還會放唐老一條活路，但此刻林眞一也做出抉擇，劉傾夏就再也沒有對他手下留情的理由。

一瞬的軟弱消失，劉傾夏調整好表情，狠辣決絕的笑意攀上嘴角，「就是爲了唐純媛和林眞一，我會剷除所有讓她們不能自由的阻礙。」

林墨南瞪著她，妥協地放鬆肩膀，「所以……妳買通地產商，是爲了耗盡唐老的資金？」

劉傾夏輕笑道：「對，我每一次讓他被套牢資金後，就會再快一步截斷他下個金源讓他無法周轉，幾次來回後，他手上的現金會全部花完。他怎能忍受這種一點一點被逼上絕境的感覺？等他鋌而走險，想重新利用往年與各路人馬操縱投資的證據去勒索誰時，我就可以收網了。」

山風冷肅，恰如兩人相視時，眼角眉梢凜冽的殺意。

隔日早晨，劉傾夏前腳剛走，林眞一就獨自悄然離開家裡，來到唐宅。

她想好了完整的理由，但唐老第一次見到長大後的她，似乎沒有什麼訝異的情緒，只是淡淡說：「看來劉傾夏向妳轉達我的話了。」

林眞一裝著青澀的模樣，禮貌地打招呼。

唐老誇讚道：「果然是純媛的孩子，漂亮又聰明。」

她藏起情緒，歪著頭像個天眞的孩子，「外祖父不好奇我怎麼會來嗎？」

「我說了，妳很聰明，才懂得把握這次機會。」老人皮笑肉不笑，「待在劉傾夏那種沒有教養的女人身邊，是不會有出息的。但是在這裡不同，妳是我唯一可以指望的後輩，將來唐家的家業是妳要來繼承。」

林眞一溫順一笑，「可是，劉傾夏告訴我，您以前並不想承認唐家有一個非婚生子。」

「那是我從前太死板……讓妳在外頭多吃了很多苦，我身爲妳的外祖父，也是會於心不忍。」

一席話說得堪稱感人肺腑，然而林眞一只是眉間輕動。如果早幾年可以這樣對她說，她或許還會心存感激，但是被唐家置之不理這麼多年，有用處時才被想起來，只令她感到唐家人的涼薄。

她的骨子裡也流著這般涼薄的血液嗎？或許是吧，如果沒有夫人，她或許也會變成這樣冷漠算計的樣子。

面對唐老，林眞一把乖巧的外表發揮得淋漓盡致，恭敬地回答：「謝謝您願意讓我回來。」

外祖孫倆的初次見面，就這樣在雙方虛假的演技下度過。

來了幾天後，林眞一就開始無比想念夫人，想念她隱藏在可怕語氣下的關懷，想念她無論何時看起來都令人驚豔的美色，想念她又凶狠又溫柔的模樣，更想念一起在家度過的那些瑣碎時光……但她不能露出一點破綻。

唐老比林眞一想像的要精明許多，她可以自由出入屋子，上下學都有人接送，吃穿也絲毫不缺，不過到哪裡都有人跟著。如果劉傾夏的教育方針是放養，唐老這邊就是絕對的軍事化，什麼時間該做什麼都一絲不苟。

幸好林眞一最會的就是裝模作樣，要多乖就有多乖。

她最怕的是夫人會不會找過來。但夫人毫無音訊，即使那天在地下室得到暫時的承諾，她還是會忍不住害怕，害怕夫人其實根本不在意自己離開她身邊去了唐家。

或者，更根本的是，夫人並不在意她存在與否。

即使如此，林眞一知道她沒資格害怕。打從下定決心要脫離被保護的角色，她就只想得到這條路，利用可笑的血脈，當作踏進唐宅的敲門磚。

漸漸適應唐家的生活後，林眞一開始觀察這座房子裡潛藏的犯罪痕跡。

唐老總是在書房會客，來客很多都是政商名流，低調地進出書房談事情，來去匆匆，從不會留下來用餐。

她等候著、等候著，三個月的時間悄然流逝，終於等到可以進書房端茶遞水的時機。

她將除蠟劑悄悄塗上書房前的長廊，幫傭阿姨踩上時重重滑了一腳，手上放茶的托盤摔落在地。林眞一連忙在旁邊扶起她，「妳先休息一下，我幫妳端進去。」

她奔下樓，迅速帶上茶具後跑回去，敲響書房的門，推開一條縫等候著。

幾秒後，裡面傳來唐老不耐的聲音：「怎麼這麼慢？」

林眞一推門而入，唐老看到她走進時，微微睜大眼睛。

她鎮定地走到人前，嫻熟地開始沖泡茶葉。

客人們抬頭打量這張明顯十分年輕的生面孔，互相交換一個眼色。

唐老揮揮手道：「沒事，是我外孫女。」

客人放鬆下來，「唐老什麼時候有外孫女？長得眞有氣質。」

林眞一端莊微笑，將茶杯送到每個客人面前，轉身走出書房。

她靠上牆壁長長吁了一口氣，又轉過身，觀察眼前的牆，回想起剛剛看見的書房格局，踏出步伐丈量了下書房和隔壁房間的距離。書房空間不大，但如果從外面看，厚厚的牆壁旁隔了很遠才是另一個房間，顯然牆與牆之間還有另一個隔開的空間。

林眞一等到客人離開後，又若無其事地敲門走進，正好撞見唐老背對著牆面，似乎剛從另一個空間走出來。

老人一看到她，眼神本能地朝旁邊飄去，雖然只有短短一秒，還是被林眞一捕捉到眼裡。

很輕微的機械閉合聲淹沒在唐老的問話中，「妳怎麼又進來了？」

「阿姨摔痛了手，我來幫她收茶杯。」林眞一無辜地指向滿桌茶杯。

唐老盯著她，直到她退出書房仍沒放鬆警戒。

牆裡果然可能有另一個空間……問題是她要怎麼進去？

有一瞬間，林眞一很想打給劉傾夏求救，但又馬上打消了念頭。

如果還是靠劉傾夏的庇護，遇到困難就跑回去撒嬌，那她還是只能繼續當夫人眼裡的小孩子。

終於等來某天唐老出國出差，她那冷漠、終日不見人影的外婆也一起陪同，房子裡除了長住的幫傭阿姨，再無他人。

夜深人靜，等幫傭阿姨也睡了，林眞一戴上手套，悄悄摸進唐老平常不允許任何人靠近的書房，確認房裡沒有安裝攝影機後，迅速開始翻閱起桌上的文件。

明眼處放的東西都很正常，她放棄桌上，仔細搜索起抽屜和其他角落，依然沒有任何線索。

林眞一轉向層層疊疊的書架，眼前有上百本書，她深吸一口氣，抬起手模擬唐老的身高，手指耐心地按過每一本書。

時間逐漸流逝，不知過去多久，她終於碰到一本看似厚重、實則幾乎沒有重量的原文書。她僅用很輕的力道，書本就微微向後滑動。

林眞一將書輕輕往外抽，機械幽微的轉動聲從櫃子後面傳來，緊接著，櫃子緩緩向內旋轉，露出裡面陰暗的空間。

找到了！

她把視線投向在空間角落處被深鎖的保險箱，會用這麼嚴密的方式守護，裡面存放的大概不是一般金銀珠寶。

就在這時，寂靜的房子裡傳來大門開關的聲音，而後清晰的腳步聲徐徐靠近。

林眞一悚然一驚。要出去已經來不及了，只能迅速退出密室，把書推回原位，關上燈躲進書桌底下。

是幫傭阿姨醒來了嗎？但聽那腳步聲，來者似乎是穿著硬底的皮鞋，不會是幫傭阿姨，何況在這種時間，有誰會從外面進來？

腳步聲停在書房前，接著開門走了進來。

她心底拚命地祈求，如果對方不繞到書桌後方是看不到她的……

來人在牆壁上摸索到開關，書房裡頓時燈光大亮，然後走向書桌的後面。

她避無可避，只能眼睜睜看那雙皮鞋走向自己，停了下來。

「妳在這裡做什麼？」戴著眼鏡、面容斯文俊秀的男人居高臨下，低頭冷冷問她。

完蛋了……林眞一眞切地考慮起現在是要先跑爲上，還是把目擊者殺人滅口。

然而男人卻只是在原地盯著她，沒有過多動作。林眞一愣了三秒，意識到自己現在的姿態實在太蠢，只得先鑽出書桌，直起身和男人面對面。

男人三更半夜仍然西裝筆挺，蹙眉望著她，「妳是林眞一？」

林眞一訝異於對方竟然知道自己是誰，於是稍微收起敵意，「你怎麼會知道我的名字？」

男人打量著她，不苟言笑的臉上竟輕輕泛起一點笑意，「我認識妳爸爸。」

林眞一想了下，才明白他指的是應該是林墨南，不是李騰光。

男人環顧書房，林眞一絞盡腦汁思考自己跑進來的藉口，男人卻不再理會她，逕自在書桌前翻揀起來。

林眞一心臟驚跳，拿不透這個人現在想要做什麼。

半晌後，男子回過頭，看上去居然有些訝異，「請過來幫忙吧，妳不也是爲了找犯罪證據才來的嗎？」

她瞪大眼睛，男子輕輕豎起一指警告道：「我提前關掉這間書房的警報系統了，不過幫傭阿姨也是唐家的耳目，請妳安靜點。」

「你到底是誰？」

男子溫文一笑，將視線轉回書桌，「我姓江，只是一個小小特助而已。」

林眞一依然無法信任他，戒備地看他把書房裡碰得到的東西都翻找一遍，卻仍一無所獲。男子最後深深嘆息，又轉向她，「看樣子唐老走之前做好萬全準備了，妳覺得我們想找的東西還會在這裡嗎？」

林眞一沒有回答，自稱特助的男人看著她謹愼的樣子，微微一笑，「劉傾夏把妳教得很好。」

突然聽見夫人的名字，林眞一心跳一亂，表面上還是裝著若無其事，「我在這裡跟她沒有關係。」

江特助淡淡說：「沒事，我在這裡也跟林墨南沒有關係。」

林眞一滿頭霧水，又聽他自言自語道：「唐老是非常多疑的人，他不會放心把機密文件放在別的地方保管，東西應該還在書房才對。」

林眞一緩緩開口道：「我知道東西可能放在哪裡，但必須要我爸在場，我才能告訴你。」她無法信任一個初次見面的人。

特助轉頭對林眞一挑起眉，抬手打了通電話：「有事情找你，來唐老的宅邸，記得帶開保險箱的工具。」

半小時後，他從外面將林墨南接進來。

林墨南起初一頭霧水，當江特助把他領到書房時，和林眞一四目相望，便頓時領悟到眞相——

有任意出入唐宅的權限，甚至能夠通過書房的保全系統，只有一種可能性——江特助從頭到尾都是唐老的人。

林墨南渾身僵硬，而江特助看他一眼，嘆了口氣，「我會再向你解釋，現在我們沒時間了。眞一小姐，我把妳爸請來了，這樣可以放心相信我了嗎？」

林眞一覷了眼林墨南複雜的神色，半晌後，他抿著唇，似是下了極大的決心輕輕對她點頭。

少女摸索著機關的暗格，再次打開了密室，書櫃滑開的那瞬間，江特助讚嘆道：「居然被妳找到了。」

三人擠進密室，狹小的空間裡難免會互相碰撞，林墨南低吼一聲：「別一直碰我的腰！」

江特助無辜地舉起手，「我只是怕你跌倒。」

林眞一不想被捲入兩人的曖昧動作，低聲道：「乾爸，你打得開保險箱嗎？」

林墨南不負多年為非作歹的經驗，彎身檢視保險箱，點點頭，「這是最容易破解的密碼鎖，唐老眞的很有信心不會有人找得到這裡。」

林眞一看一眼旁邊的江特助，男人正興致勃勃觀察林墨南拿出工具開始解鎖……唐老最沒有預料到的，大概就是身邊有兩個人會同時背叛他。

林墨南把一個小小的金屬擴音裝置黏上保險箱、戴上耳機，好聽清機械移動的聲音。他又和江特助借了一支筆，一面緊盯著轉盤細微的變化，一面記下他嘗試的數字們。

大概一小時後，在林眞一已經翻遍書房、快要失去耐心時，林墨南低聲叫出來：「打開了！」

林眞一衝回他和一直陪著的江特助身邊，保險箱裡是一塊塊的外接硬碟，他們隨意挑了一塊，連接上江特助帶著的筆電，卻發現所有的檔案都需要密碼。

江特助看一眼林墨南沮喪的神情，笑道：「沒事，實體的鎖你行，虛擬的鎖就是我擅長的領域了。」

林墨南眼睛閃了閃，只見江特助手指紛飛，在一連串他們看不懂的操作介面後，檔案終於破解。

數不盡的錄音檔和政商來往文件映入眼簾，一時半刻雖然難以看完，但很快就能確認這就是他們要找的東西。

趁著林眞一快速備份文件出去給劉傾夏時，林墨南站在江特助的身邊，壓低了聲音。

「你爲什麼會知道唐老的那句格言？還有，最一開始我們明明還只是床伴關係，你卻對我說了那樣的警告，那也是唐老授意你來試探我的吧？」林墨南咬緊牙，「我眞是蠢，一路上都被你耍得團團轉，還擔心你暈船，到頭來……暈的人只有我。」

「墨南，你聽我說。」

「我對你的價值，大概只剩下上起來爽，其他時候你和我一起時，也只是在想著怎麼幫唐老做事而已——」

江特助這次更爲強硬地打斷了他，「但我在最後一刻背叛唐老，選擇了你。」

林墨南抬起頭，連日的變故幾乎抹去他臉上習慣的嬉笑，添上一層隱隱的陰鬱。

江特助又重複了一遍：「我最後的選擇是你。」

他頓時啞口，想再繼續賭氣，可是窗外回暖的風偏偏在這時捎來冬日裡難得的溫度，吻在他額角眉梢。

「別擔心。」風把江特助的笑聲吹得模模糊糊，連在床上都冷靜克制的聲音，此時竟透出一絲絲溫柔，「我只是想和你在一起而已。」

另一邊，劉傾夏收到林眞一的訊息，馬上打電話過來，劈頭就罵少女，即使沒擴音都能聽見那冰冷的質問聲音，「妳不是留紙條說要好好待在唐家，現在這又是怎麼回事？這些東西妳怎麼弄到的？」

林墨南和江特助間原本有些凝滯的氛圍頓散，林眞一卻只是笑道：「夫人不要生氣，我馬上就回去了。」

確認文件的眞實性後，他們連夜報警舉發唐老。

硬碟裡唐老和政要官員們的來往紀錄，原本還不一定能讓他足以被定罪，然而緊接著，警察在電腦裡找到他用這些證據威脅利誘政商名流的紀錄音檔。

一如劉傾夏當時的預測，唐老在她漫長的布局下被耗盡資金，狗急跳牆的情況下，最終還是輸給了貪欲，鋌而走險想藉由勒索政要來賺快錢周轉。

過度的疑心病讓唐老記錄了每一次交易，想要同時握有交易證據，最後栽在自己親手錄下的音檔上。

唐老毫不知情自己已被通緝，搭機回臺的那天，警察在機場列了一排。

劉傾夏和林墨南遠遠站在一邊，望著童年時需要仰望的老人，此刻散亂著一頭灰白髮絲，被上銬時，臉上的神情又驚愕又狼狽，像頭喪家之犬。

他緩緩走過駐足的民眾，停在劉傾夏身前，重重咳了幾聲。

這是林眞一少數看見劉傾夏氣勢全開的模樣，她最美麗強悍的夫人冷起臉時，簡直漂亮得犯規，「唐老，當初做那些壞事的時候，想過會有這一天嗎？」

唐老勾一勾唇，「我做的那些壞事，不是幾乎每一件都有妳的參與嗎？」

「是啊。」劉傾夏似乎也有些懷念的語氣，「我和林墨南會作爲汙點證人出席，到時候我會和檢察官一起，好好回憶一下您的所作所爲。」

唐老臉色一變，又轉向並排的林眞一與江特助，沉鬱的瘋狂從那雙年老但明亮依舊的眼睛直直射出，「你們兩個背叛了我，總有一天也會有報應！」

兩個最擅長僞裝成安靜模範生的人，齊齊對老人露出了個不露齒的微笑，沒有回答。

等唐老終於隨警察離去，林眞一才走到夫人面前。

劉傾夏眞的來接她了。她張臂撲進夫人懷裡，劉傾夏僵硬了下，卻沒有拒絕她的擁抱，反而凶狠地掐緊她的後頸。

那是一個掌控欲很強的姿勢，劉傾夏收緊了手臂，任由林眞一依戀地靠上她的胸口。

那天劉傾夏回家後，發現林眞一僅僅用一張簡單字條交代她會好好待在唐家，至於去做什麼、要去多久，全都隻字未提。

那一刻，劉傾夏幾乎壓不下心底莫名的占有欲。

明明在地下室時，林眞一還和她說過想待在她身邊，最後卻又跑去了唐家。她一方面告訴自己，這樣才是對林眞一最好的安排，一方面卻又隱隱感到被背叛的憤怒與傷感。

不是說了她是她最重要的人嗎？爲什麼又在一夕之間反悔了？所以那些輕易出口的喜歡，也都是虛假的嗎？

小孩子的喜歡，果然善變。

劉傾夏原本是眞的以爲林眞一想通了，不想待在她和林墨南身邊，想回去唐家那條象徵正統的道路上。所以哪怕她知道消息後再輾轉難眠，也只是讓林墨南確認林眞一眞的安全回到唐老的庇蔭之下，除此之外，便沒有再試圖了解林眞一的生活狀況。

她絕對不會對任何人承認，在知道林眞一離她而去的那一刻，她久違地感受到了孤獨。

會圍繞著她打轉、每天傳來訊息的女孩驟然消失在生活裡，像那鍋她很少有機會喝到的泡菜湯。平常隨時可以喝的時候對它習以爲常，突然意識到再也沒有機會喝到時，才會發覺她有多想念那味道。

劉傾夏是眞的做好了再也不能看見林眞一回家的心理準備，沒有林眞一在眼前的時間裡，她才稍稍願意承認，自己對林眞一的感覺，已經遠遠脫離常理的母女關係。

在那兩次荒謬卻銷魂的情慾糾纏之後，她無法再把林眞一當作什麼也不知道的孩子。林眞一太年輕太美好，她無從面對，只能小心翼翼地像對待一塊珍寶，患得患失。

寶物在失而復得的這一刻，魯莽的主人才知道珍惜。

警員與圍觀人群都已散盡，林墨南和江特助不知何時也已消失，林眞一這時戀戀不捨地抽身退出夫人懷抱。

劉傾夏直視著她，喃喃地說：「我原本以爲妳不會回來了。」

「怎麼會走呢，小狗不管被丟到多遠，都會想回家。」

林眞一定定地望著夫人。她不知道夫人能不能體會到，能不能從她的眼神裡看出，她對她忠誠不二、誓死效忠。

「夫人那時候說不想牽扯到我，所以要我保持距離。」林眞一大膽地牽起夫人的手，緩緩扣緊十指，「但我不想置身事外，我想要和妳站在一起。不管夫人是勝是敗，我們都同生共死。」

那眼神燙到了劉傾夏。這些老土的情話，這小孩卻說得毫不害臊，她不禁想笑的同時，又同時深深被觸動。

老土又如何？陷入情潮的年輕孩子從不會想要掩飾，總是笨拙卻又眞誠地表達那些洶湧情感，讓劉傾夏知道，她是被這個小孩愛著的。

她有很多不想讓年輕的林眞一看到的樣子，例如在酒席上的放浪，在戰場上的狠戾，還有即使她知道唐老有罪，心裡卻還是殘存著最後一絲孺慕之情的感受。

幸好小狗從不嫌棄主人的狼狽，仍然會獻上她所能給予的最大擁抱。

「我們回家吧，夫人。」林眞一那雙眼睛水汪汪地直視，終於說出這句期盼已久的話。

走過無法表明心跡的時期，也除掉劉傾夏最大的陰影來源後，她們可以全心全意一起過日子了。

「嗯，唐家倒了，李騰光也走了，現在，妳們可以自由了。」

劉傾夏很輕地撫過林眞一的頭頂，然而她說出的話語，卻讓林眞一渾身發冷了起來。

她用的詞，是「妳們」而不是「妳」。

林眞一不可置信地抬起頭，劉傾夏則輕聲說完下一句：「我們去接妳媽媽回來吧。」

看著劉傾夏的笑顏，林眞一心裡燃起的期待一點一點冷卻，直到凍入骨髓。

第七章　眞假公主

脫離唐家後，他們的生活終於慢慢步入正軌。

當初劉傾夏和林墨南結婚雖然也有唐老的命令，方便他們出任務時彼此掩飾身分，另一方面也是因爲劉傾夏不滿法律規定的收養年齡差，以及需要藉林墨南的配偶身分達到收養目的。所以幾人商議之後，決定暫時再等兩年，等林眞一年滿十八歲後再離婚。

林墨南和江特助仍然維持著一種微妙的關係，忙著處理唐家沒有結束的業務，劉傾夏則是把全副心神都放在接唐純媛回來的計畫裡。

照劉傾夏說，唐純媛的精神狀況其實並不需要住院，是因爲唐家人擔心丟臉，才執意要她獨自居住在精神病院。

林眞一心裡百般不情願，也知道不會有她置喙的餘地，這是劉傾夏等待已久的願望，她聰明地沒有流露任何反抗的情緒。

為了做好一起居住的準備，原本林眞一在家裡獨占一間臥室和一個書房，現在必須讓出書房來改建成唐純媛的房間。林眞一對此相當不悅，可是這陣子劉傾夏心情非常好，好得她不忍心破壞，只能盡力配合。

她們一起去接唐純媛的那天，初春已經降臨。唐純媛一襲雪白曳地長裙，站在精神病院的白櫻花樹底下，對兩人莞爾一笑。

只有林眞一站在最遠處，心下一片寂寥。

她努力了這麼久，這一刻，還是忍不住懷疑自己的存在意義。當眞正的寶物回來，她身為贗品還會有獨特的價值嗎？

雖然劉傾夏趕她走時，她大言不慚說自己當替代品也沒關係，但實際看到夫人走向唐純媛，絲毫沒有回顧自己時，林眞一依然感到刻骨的寂寞——她是被屏除在外的。

那些沒有在她面前展露過的笑顏，還有不曾一起經歷過的回憶，都不斷提醒她，她不過是唐純媛的附屬品。

劉傾夏小心翼翼扶著唐純媛上車，一路上噓寒問暖。

唐純媛幾乎沒有回應，似乎尚未恢復太多語言能力，只是看著她們笑，手上緊抱著畫畫本。

林眞一深吸一口氣，想要和這個好歹有血緣的親人打好關係，伸手想拿對方的畫畫本來看。

沒想到唐純媛驟然一顫，用力打掉了她的手，面露恐懼地縮成一團。

車裡的氣氛一時凝結，劉傾夏意外地沒有動怒，只是耐著性子解釋道：「純媛對陌生人比較敏感，又幾乎沒見過妳，以後慢慢熟悉就好了。妳如果想要拿她的東西，還是要先好好問過她再拿。」

林眞一臉上乖巧的笑容快要撐不住了，撇過頭望向窗外流逝的風景，手指慢慢蜷縮成拳。她有預感，剛剛的小插曲不過是個開端，回到家後，這種情況只可能會變本加厲。

劉傾夏帶著唐純媛踏進家門，耐心地帶領她瀏覽家裡的每個房間，唯有林眞一的臥室，劉傾夏回頭看了她一眼，對上她哀怨的眼神，便將手從門把上收回，「這是眞一的房間，門我就不開了。」

林眞一心裡一暖，但看到兩人相偕離去的背影，還是忍不住心中酸楚。

在家裡各處發生的回憶，從今以後都要漸漸被覆蓋、替換，再也不會只屬於她和劉傾夏了。

晚餐一樣由林眞一掌廚，然而唐純媛吃不慣她煮的東西，幾乎是煮什麼吐什麼的程度，讓這頓團圓大餐吃得毫無慶祝感。

「我們要不要帶她去看個醫生？這怎麼看都不正常吧？」林眞一握著湯勺，壓下自己聲音裡的厭惡。

劉傾夏看了她一眼，眼神裡透著責備，「不准對她這麼沒耐心，純媛剛回來，總得適應一下環境。」

那她就不用適應多了一個人的生活嗎？林眞一很想這麼問，卻還是默默咬住了唇。

她不能鬧小孩子脾氣，因爲那樣只會讓劉傾夏更加篤定，她還只是個需要被看顧的孩子。

那天煮好的湯夫人沒有喝，她也沒心思再去熱，直接把整鍋都倒了乾淨。林眞一感覺自己努力奔跑了一大圈後，又繞回到最一開始的位置。

她望著餐桌邊專心哄唐純媛吃點東西的劉傾夏，清醒又酸楚地意識到，自己的一切努力、和劉傾夏重新建立起來的關係，在此刻彷彿又重新回到了涇渭分明的原點。

但時間不會管她有多心痛，還是自顧自地往前過了下去。

因爲唐純媛吃不下林眞一煮的飯，夫人絞盡腦汁找她願意吃的東西，連帶也不再吃林眞一煮的食物。

除此之外，唐純媛晚上總是睡不著，即使睡著了也是噩夢連連、大呼小叫地吵得整棟屋子的人都醒過來。

最後，劉傾夏爲了隨時安撫，直接把她安置在自己的房間，原本的臥室改作爲專門讓唐純媛畫畫的空間。

面對這個變化，林眞一終於忍不住了。

「她如果還是睡都睡不好的狀態，是不是回精神病院繼續接受治療比較好？」

她說的時候沒有特別避開唐純媛，應該說也無法避開。現在劉傾夏整天無時無刻不陪在唐純媛身邊，她連想和夫人說句話都沒有私人空間。

她嫉妒得快瘋了，唐純媛似乎在一點一點剝奪她待在家裡的意義與快樂，甚至什麼也不必做，就能獲得夫人全部的注目。

聽到林眞一終於吐出抱怨，劉傾夏回過頭。日常在家的她沒有上妝，姣好端正的五官仍豔色不減，覆上一層薄霜般的怒意，「林眞一，她是妳的親生母親。」

林眞一不閃不避，回道：「我不會對夫人說謊，她的狀態不穩定，應該繼續接受全天候治療，而不是強行讓她和我們生活在一起。妳只是在滿足妳自己的期望，不是她的需要。」

劉傾夏沉默了下，在林眞一失望垂眸時終於開了口：「我知道了，我會請醫生來——」

剩下的話語被唐純媛高亢的尖叫淹沒。那張和林眞一肖似的臉龐染滿淚水，晶瑩淚珠凝在長睫上楚楚可憐地墜落，唐純媛生澀地張唇道：「不要醫生，不要回去！」

這是從醫院回來以來，她第一次說出這麼完整的句子。

劉傾夏的表情像是盲者初次看見了光，她輕輕單膝跪在唐純媛身旁，說話的語氣是前所未有地溫和，「好，我們不回去。純媛，妳待在這裡很安全。」

又是這樣！林眞一站在旁邊，一下一下地深呼吸，壓下所有情緒。她看見唐純媛含淚的眼轉向自己，不知是不是她滿心惡意地曲解，總覺得唐純媛看她的眼神別有深意，像在示威，又像在憐憫。

林眞一驟然轉身回房，不願意再多看。

李騰光和唐老這些壞人都離開了，該迎來童話故事的大團圓結局了，可爲什麼她融不進快樂的結局呢？

也許是因爲故事的主角，本來就不是她吧。

儘管住在同一個屋簷下，林眞一和唐純媛實在親近不起來，只有劉傾夏非常偶爾需要獨自外出時，唐純媛才會和她說話。

更精準來說，是要她代替出門的劉傾夏念故事。

林眞一接過唐純媛遞來的繪本，認出這是前陣子劉傾夏爲了迎接她回來而特別買的，認爲喜歡畫畫的唐純媛會喜歡，多看故事也是融入社會互動的練習之一。

但唐純媛不愛自己看，總喜歡讓劉傾夏念給她聽。她會躺在劉傾夏的大腿上，聽著聽著就會墜入夢鄉，那是她難得安靜入睡的時刻。

然而林眞一從來不喜歡念童書。小時候她沒有媽媽爲她念故事書，憑什麼唐純媛就可以有劉傾夏念給她聽？

她想歸想，在唐純媛把故事放到她膝上，無聲眨著眼看著她時，也只能無奈地拿起繪本，看向封面的四個大字，徐徐念出：「眞假公主。」

這個書名讓她心裡一動，本能地想放下書，可是唐純媛已經抱著軟枕坐在她身邊，等著她開始念。

林眞一只好深吸一口氣，翻開繪本，「從前從前，有一個女王和公主過著幸福快樂的生活……」

故事始於一個看似結局的快樂時刻，但公主小時候曾經失蹤過一陣子，被找回來後，周遭的人都說公主變得有些不同，唯獨女王依然非常寵愛她。

這本繪本的畫風華麗詭譎，爲公主畫了一雙盈滿星光的粉紅色大眼睛，因爲這舉世罕見的顏色，女王一直堅信女孩就是原本的公主。

直到有一天，皇宮來了一個新的女孩。

女孩也有一雙美麗的粉紅色眼睛，說自己才是女王眞正的女兒，還說出了許多只有她和女王兩人知道的回憶。

林眞一越念越投入，呼吸卻漸漸急促……她在這故事裡看見了太多與現實似曾相識的影子。

女王一問之下，公主才承認她不是眞正的公主。無父無母的她自小孤苦，因爲天生也有一雙粉紅色眼睛，才會想冒名進入皇宮，尋求富裕舒適的生活。

震怒的女王馬上廢除公主的名分，將她關進地牢。

「女王說過喜歡假公主的眼睛，但這對眼睛眞公主也有，而且是正版的。」

贗品再美，也是假的。

劉傾夏喝醉時也曾說她的眼睛漂亮，在這幾天和唐純媛密切相處下來，林眞一越來越不甘心地發現，她們母女兩人的眼睛簡直是複製貼上的程度。

她也是假公主，當眞公主回來之後，就再無立足之地。

劉傾夏現在還留她在身邊，可注意力早已大大轉移到唐純媛身上。會不會總有一天，劉傾夏也會讓她這個假公主離開？

林眞一猛然闔上書，心底的酸澀痛苦排山倒海，表面上卻依然是平靜的神色，不想讓唐純媛看出情緒，「我不想念了，剩下的等夫人回來，再讓她念給妳聽吧。」

唐純媛看她闔上書，抿起唇，直直盯著她。

「我說我不想念了。」林眞一重複一遍。

唐純媛忽然張嘴大哭起來。

林眞一站起身，有些手足無措地望著唐純媛哭到喘不過氣，然後伸手抓起書狠狠撕扯，畫著假公主的一頁被扯下，無聲飄落到她腳邊。

房門口傳來響動，是劉傾夏回來了，她踏進房時包包都還背在肩上，顯然是剛回家聽見哭聲就匆匆過來查看。

林眞一眼見劉傾夏撫著唐純媛的頭溫聲安慰，慢慢後退一步。

劉傾夏沒有注意到她，她正想黯然離開，唐純媛卻說出了她的名字：「是眞一不理我！」

林眞一回過頭，望見劉傾夏眉頭緊蹙，冷冷喚道：「眞一！」

「我沒有不理她，我已經念書給她聽了！」

唐純媛哭紅了眼，緊緊靠在劉傾夏懷裡。

劉傾夏無暇再管林眞一，低頭柔聲哄道：「好了，不哭了，我念給妳聽就好。」

林眞一獨自遠遠站著，突然覺得她們之間的距離好遙遠。

可是她能怎麼辦呢？好不容易稍稍看見曙光的愛戀再度被封入深淵，此時此刻她寧可遠遠離開，也不想看著曾經對她笑的劉傾夏，用同樣的笑容面對唐純媛。

林眞一無聲走出房間，回到自己的臥室。

隔天放學後，林眞一站在川流的人群裡，第一次完全不想回家。反正辛苦煮的晚餐沒有人想吃，劉傾夏也沒有時間和她多說話。

她轉過身打電話給朋友，久違地提出邀約：「我們出去玩吧。」

她一路玩到凌晨，才裹著滿身KTV的菸酒味回到家，原本以爲會是滿室的黑暗安靜，沒想到飯廳燈還亮著。

劉傾夏坐在桌前，一看到她就站起身。

劉傾夏披著簡單的絲質睡袍，妝容也已卸盡，更襯得五官清新標緻……但此刻林眞一完全沒心情欣賞美貌，「妳怎麼還沒睡？這幾天不是都陪著唐純媛睡嗎。」

「妳要叫她媽媽才對。還有現在都幾點了？我不在的時候，妳也都這麼晚回家嗎？」

林眞一無聲地笑開，「妳現在才在擔心我？」在忽略她這麼多年之後？

劉傾夏聽出她的言外之意，幾秒後才又說：「我今天路過一間名店，買了他們的蛋糕，餓的話就去冰箱拿，我留了一塊給妳。」

「那個蛋糕，唐純媛也有嗎？」

「我說過要叫她媽。」劉傾夏皺起眉，「蛋糕有兩塊，我帶回來給妳們一人一個，她剛剛先選了，另一個是妳的。」

林眞一忍不住聲音裡的陰陽怪氣，「我就知道，唐純媛挑剩的，才會是我的。」

她徑直走過劉傾夏，卻被一把抓住上臂。

「妳到底在生氣什麼？妳想吃的話，我可以再買給妳。」

林眞一失笑，夫人這麼精明幹練的人，怎麼會以爲是蛋糕的問題？

面對情愛，她們都仍是盲目的新手，看不清自己，也看不清對方。

她輕輕掙開劉傾夏，「我要參加學校的課後輔導班，以後不會回來吃晚餐了，妳也不用再等我。」

她賭氣地說出口，原本希望劉傾夏能夠至少稍微挽留她，但女人一句話也沒多追問，只是淡淡回應道：「知道了，需要多一點零用錢的話再和我說。」

林眞一失望地垂下眼，看著劉傾夏兀自轉身，回到她和唐純媛共用的房間。林眞一走到冰箱前，拿出那片精緻的奶油蛋糕，一匙匙挖進口中。

明明是甜蜜的味道，落在她唇齒裡卻都變成冰冷的苦澀。

那天之後，林眞一就經常玩到夜不歸家。

從前她爲了不讓劉傾夏擔心，在外總是維持著模範生的形象，現在卻是鎭日蹺課出遊，彷彿在試探劉傾夏的底線，看看要壞到什麼樣的程度，夫人才會回頭關注她，或者乾脆放棄她。

她陪朋友去染髮，髮型師隨口問她要不要也換個髮型。

林眞一看著鏡子裡的自己，捻起髮尾細看，唐純媛整齊筆直的漆黑長髮，和她此時的造型一模一樣。她這個假公主，當初穿上制服想故意喚起夫人的記憶，但此刻她已經沒必要再模仿了，「幫我剪短，再染個顏色。」

朋友詫異道：「妳要染頭髮？妳的乖乖牌形象會被毀掉唷。」

林眞一露出微笑，向後靠上椅背，「我現在已經不需要乖巧的形象了，就染個紅色吧。」

髮型師拿來色卡，她想起劉傾夏喬裝帶她去賭場時的假髮造型，於是在朋友的驚呼聲中，選擇了鮮豔如火的海王紅。

染完髮回到家裡又是深夜，出乎意料地，劉傾夏還在客廳，見到她進門的樣子，馬上眉頭緊鎖，「妳的頭髮是怎麼回事？」

林眞一摸摸髮尾，自嘲道：「因爲不像，所以不喜歡了嗎？」

「妳又在發什麼脾氣？」劉傾夏習慣性地想動怒，看到林眞一分明藏著情緒的神情，勉強按捺下來，「妳長髮好看，短髮也很好看，我沒有不喜歡。」

林眞一平靜回道：「喔，那就是我自己不喜歡了。」

劉傾夏起身走向她。只穿著拖鞋時，身材修長的林眞一比她高些，可此時微微抿著嘴的樣子，看上去仍是個鬧脾氣的孩子。

「自從純媛回家後，妳就一直很奇怪。有什麼問題或不滿意的地方，就現在跟我說吧。」

林眞一張嘴又閉上，她要怎麼跟劉傾夏說，她嫉妒自己的媽媽？

見林眞一沉默不語，劉傾夏嘆息，「我知道妳長大了，如果不適應和純媛住在一起的生活，想要更多私人空間，我可以再安排一間公寓給妳自己住。」

林眞一心一涼，啞聲問：「妳要趕我走？」

「我沒有說要趕妳走，妳想回來隨時都可以。如果妳想先和她分開住一陣子，也許對妳們兩個都更好。」

這一秒，心底擔心被拋棄的未爆彈轟然炸開，林眞一緊緊咬著牙，直到齒根痠冷，最後還是忍不住脫口而出：「爲什麼是我得離開？爲什麼妳又要拋下我？」

她恨透自己像隻流浪狗，被唐家拋棄後，劉傾夏撿回了她，她竭盡所能對夫人搖尾巴表示忠誠，自以爲終於獲得歸處。如今唐純媛回來後，她又得是被拋下的那個。

林眞一紅了眼眶，轉身想要走，劉傾夏忽然抬手捧住她的臉。

「放手！」林眞一狼狽地想轉頭過去，劉傾夏依然沒放，逼著她和自己四目相對。

劉傾夏用拇指輕輕拭去少女眼角的淚光。她平日應酬時舌燦蓮花，什麼話都能說出口，現在卻不知道自己該說什麼，只能笨拙地張口：「我沒有要拋下妳。」

望見劉傾夏眼底焦灼的小心翼翼，林眞一的憤恨突然平復下來，情緒沸騰的熱度轉成滾燙慾望。她一把扣住夫人的後腦，俯身狂亂地咬上對方的嘴唇。

她吻得太過魯莽，劉傾夏慌亂之間往後退了一步，手從林眞一的頰邊滑落，搭在她瘦弱的肩膀上。劉傾夏剛想推開少女，卻又看見極近的距離下，對方眼裡的淚水和深情，好像她自己眞的是什麼珍寶，値得對方如此深愛。

劉傾夏心一軟，放任林眞一繼續這個瘋狂的深吻，兩人跌跌撞撞，摔到客廳的長沙發上。劉傾夏怕她摔痛，雙手小心捧著林眞一的腰，任由林眞一伏在自己身上肆意妄爲。

就在快要喘不過氣時，林眞一撐起手臂微微退開，俯瞰著劉傾夏泛紅的臉龐。劉傾夏從來沒有對她說過愛或承諾，但如果她們之間沒有愛，那剛剛吻裡的熱度什麼？只是慾望而已嗎？

俯身再度吻下去時，林眞一悲哀地發現，她好像找到自己唯一的籌碼了。

唐純媛是白月光，白月光是要被高高供起不能玷汙的，她不是。她可以像現在這樣，把劉傾夏那些隱密的鮮活慾望通通攤開，不顧一切地奪走彼此呼吸，激烈到像死在這裡也沒關係。

兩人吻得正忘我，走廊上忽然響起房門打開的聲音。

劉傾夏驟然推開她，翻身坐起，短短幾秒內已經攏好頭髮，拉平凌亂的睡衣。

唐純媛遲疑的腳步聲朝客廳過來，聲音帶著微微的哭腔，「傾夏，妳在哪裡？」

女人看了一眼林眞一，方才著魔般的深情已經從那張臉上褪盡，取而代之的是壓抑的平靜。

眼看唐純媛已經要走過轉角來客廳，劉傾夏快速揉了揉林眞一豔紅的頭頂，率先起身走向長廊，「做噩夢了？沒事，我陪妳回去睡。」

客廳裡最後只剩下林眞一，她的呼吸尚未平復，剛剛還與她耳鬢廝磨的人卻已經不在了。

她們的關係還是只能這樣躲躲藏藏，但仔細一想，從前沒有唐純媛時其實也是如此，她不該都怪在她生母身上。

林眞一不知道劉傾夏還會不會再回來，只能關上燈，蜷縮在沙發上，倔強地在黑暗裡等了好久好久，直到意識朦朧，漸漸墜入夢鄉。

她夢到自己身處眞假公主的童話故事裡，成爲被拋棄的假公主，在暗無天日的地牢裡，固執等候著女王的到來。

然而女王沒有來，時間一天天地過，她引以爲傲的美貌和粉紅色眼睛，都逐漸變得黯淡無光。

林眞一在夢裡害怕得全身發抖，被劉傾夏輕輕搖醒時，眼裡仍殘留著淚水。

她意識慢慢恢復，這才發現自己身上已被裹上厚厚的毯子，頭躺在劉傾夏的大腿上，夫人正低頭看她，「幾歲了還會做噩夢？」

林眞一不敢置信般看了對方好久，直到劉傾夏輕輕用手指梳開她的劉海，她才悶悶地回一句：「剛剛妳也問唐純媛是不是做噩夢。」

她賭氣地翻身，從仰頭改成把頭埋進劉傾夏懷裡。她感受對方腹部傳來的震動時，才知道夫人在笑。

「這麼愛計較，就是小孩子的樣子啊。」

林眞一依然埋著頭，莫名有種不祥的預感。

果然，劉傾夏難得溫柔地拍撫她頭頂，忽然道：「對不起。」

她驚訝地睜大眼睛，只聽到劉傾夏繼續說：「我把唐純媛接回來，讓妳很辛苦對吧。」

一邊是最好的朋友，一邊是逾越界線的養女，兩人之間的隔閡她都看在眼裡，卻不知道該如何面對這兩個最重要的人。

「純媛回來，神智也會漸漸恢復，像剛剛那樣的事我們不能再做了。妳是她的女兒，如果被她看見我們有什麼太親密的舉動……我無法和她交代。」

林眞一被這段話砸得暈頭轉向，急急撐著手從劉傾夏的懷裡坐起，「是我自己喜歡妳、想和妳接吻，我們爲什麼一定要向她交代？如果我讓妳爲難，我會變得更成熟、更努力和她相處，不會再讓妳擔心，也不會被她發現我和妳的關係。」

劉傾夏沒有說話。

面對劉傾夏的沉默，林眞一忽然覺得自己搖尾乞憐的樣子很狼狽。

她們之間搖搖欲墜的關係就像風箏，只有她緊緊抓著線，唯恐手一鬆，夫人就會頭也不回離去。

此時此刻，一直緊緊抓著線的她，第一次動了放手的念頭。

劉傾夏可以保護她，可以和她一起過扮家家酒的生活，就是無法把她當成平等的愛人。

林眞一把苦澀全部掩在微笑的嘴角後，「除非……妳親口跟我說妳不再喜歡我，再也不需要我，那才是我唯一會離開妳的理由。」

她直視那雙無論何時都美得懾人的眼睛，撐出完美乖巧的微笑，「我說過，我可以做妳的神燈。所以對我許願吧，無論是什麼，我都可以為妳完成。」

劉傾夏表情複雜地看著她，情感在胸口裡激盪，一方面惦記不遠處睡著的唐純媛，一方面又想要毫無顧忌回應林眞一渴求的眼神。

她說不出不愛林眞一，卻也不敢說愛對方。這份感情注定只能成長在陰暗的角落，見不得光……林眞一沒有必要承受這樣的辛苦。

劉傾夏的指節輕輕滑過少女的下巴，哄寵物似的蹭了蹭，「眞一，我們的關係不正常，妳還這麼年輕，應該去找同年齡的人在一起才對，妳媽媽也會這麼希望。」

「誰來定義正不正常？」林眞一深深吸一口氣，把哽咽的語氣藏起來，「妳沒有哄騙我，也沒有誘惑我，是我自己先跨過那條線。」

劉傾夏垂下眼，「沒有好好拒絕妳，是我的問題。」

林眞一不顧一切伸手抱上去，劉傾夏僵硬了一秒，慢慢放鬆下來，把頭放到林眞一的肩上。她不懂如何愛人，更不懂如何面對林眞一滿腔熱血的愛戀，唯一能確定的是，她不想再看見林眞一出現剛剛那種表情——和她說出要把林眞一送回唐家時一樣，小狗擔心被遺棄的表情。

「妳總是這樣子，我到底該怎麼做？」劉傾夏終於流露出從未展現的脆弱，低聲問道。

兩人心跳漸漸重合，林眞一眷戀地吻上她的頭髮，低聲許諾：「主動的都是我，所以夫人不用擔心，即使有罪，最該受罰的也是我。」

在劉傾夏開口前，林眞一滾燙的吻已經落到了她唇上，又一路滑下，咬開她睡衣的釦子。

又過了幾天，劉傾夏需要和林墨南一起去法院出席唐老的審判，把林眞一和唐純媛一起留在家。

林眞一打定主意不想主動靠近唐純媛，塞著耳機在聽歌，卻聽到震耳欲聾的音樂聲外隱隱有人在驚呼。她皺眉拿下耳機，辨認出唐純媛的叫聲，先是在原地頓了下，心裡閃過模糊但激烈的拉鋸。

她對自己發過誓，會保護夫人，不再做幼稚計較的青少年。可是另一方面，面對這個容貌舉止像自己的媽媽，她總有種發自內心的抗拒感。

唐純媛的叫聲漸漸轉弱，林眞一嘆口氣，還是起身過去查看。

唐純媛在書房改裝成的畫室裡作畫，不知怎麼打翻了劉傾夏特地買回來的玻璃顏彩盤，顏料潑濺，碎片四散。

「沒事的，妳不要亂動、小心受傷。」林眞一緩著語氣，正想開始收拾，唐純媛卻忽然赤腳走向玻璃碎片，嚇得林眞一馬上站起來攔阻道：「說了不要亂動——」

說時遲那時快，唐純媛爲了躲避她的碰觸，受驚似的抬手亂揮。

林眞一被推得站立不穩，朝後摔坐下去，撐向地板的手馬上扎了滿掌的碎片。

眼見手上鮮紅湧落，林眞一痛得皺起眉，忍不住怒意並厲聲道：「我都叫妳別動了！」

畫室的門忽然被打開，剛到家的劉傾夏快步進來，下意識過去檢查唐純媛的狀況，連連問：「還好嗎？有沒有傷到？」

唐純媛頓時大哭起來，把頭埋進劉傾夏的臂彎內，愧疚地迸出單詞：「對……對不起！」

夫人忙著安撫唐純媛，直到她平復一些後，這才回頭望向林眞一，開口問：「妳受傷了？」

林眞一面無表情地按著傷處，躲開劉傾夏試圖檢視的手。

夫人馬上察覺她的情緒，壓著聲音道：「妳先自己包紮一下，聽話，乖。」

林眞一無法冷靜回答，只能趕在對夫人開始耍任性之前轉身走離。她恨透了夫人總是用這樣的方式哄自己，可是自己偏偏就是無法拒絕，就像夫人無法拒絕撒嬌的唐純媛那樣……想到這邊，林眞一忽然停下腳步。

像她一樣？對，就是像她一樣。

她之前也是用一樣的方式，看準劉傾夏吃軟不吃硬的性格，得寸進尺，知道自己只要維持低姿態撒嬌，劉傾夏幾乎毫無抵抗能力。

這和此刻唐純媛的行徑，太相似了。

林眞一寒毛直豎。如果……只是如果，唐純媛根本沒有瘋到那種程度，而是還保有理智呢？

林眞一把自己代入唐純媛的視角時，便可以輕而易舉地理解唐純媛那些動作的背後含義。一個比自己年輕卻又有著自己昔年風貌的女孩，對唐純媛而言會是多大的威脅？

曾經愛慕自己的人，身邊有另一個年輕版本的自己，唐純媛對此眞的一點都不在乎嗎……還是，只是和她一樣，掩飾得太好？

林眞一還在思慮之間，劉傾夏已走進她沒有關門的臥室，打斷了她的思緒。她抬頭，看到夫人朝自己走來，在賭氣拒絕和搖著尾巴迎接兩者間，糾結了一秒，最後還是乾脆俐落地起身抱了上去。

劉傾夏被按到腰上的某個地方，痛得輕哼一聲。林眞一有些愧疚，知道是在沙發上溫存的那一次她失手掐的。

「抱歉，上次弄得太用力，可能有點瘀青。」

「知道了還不放手？還有，那晚妳不是說妳會變成熟一點，今天又在鬧什麼脾氣。」

林眞一已經沒有專心聽她說話。唐純媛來到家裡後，林眞一已經好久沒有觸碰到劉傾夏的身體，前幾天晚上只是稍稍止渴的程度。

於是她腳尖越過夫人踢上了房門，扶著劉傾夏的後頸，有些暴躁地吻了上去——

劉傾夏猶豫了一秒，終究沒有制止她踰矩的行動。

親吻的嘖嘖水聲十分混亂，林眞一克制不住力道，讓劉傾夏往後退時撞翻了她堆在桌子一角的書籍。她管都沒有管，唇瓣追了上去，掠奪了夫人所有呼吸。

只有在肌膚相親時，她才能感受到一點點稀薄的愛與專屬，至少這一刻，夫人眼底只會有她。

指尖往上探索，撫過長髮與額際，吻的濃度越來越失控時，她的指尖微微擦過劉傾夏額上的疤痕。

林眞一驟然停住，想起來爲什麼她從第一次察覺到這道疤痕時就這麼在意了。

李騰光說過，唐純媛曾被劉傾夏砸了菸灰缸而鮮血直流，以那種傷勢來看，應該會留下疤痕才對……一個毛骨悚然的猜測悄然攀升，她離開劉傾夏的唇，沒頭沒尾地冒出一句：「夫人額上這道傷疤是怎麼來的？」

劉傾夏避開她的眼神，含糊道：「小時候不小心碰傷的。」

林眞一留戀地舔吻著劉傾夏的耳垂，像隻小狗要留下自己的氣味。

但劉傾夏顯然只是暫時離開唐純媛身邊，還沒有把她安頓好，所以頻頻回頭，側耳傾聽房外的動靜。

林眞一嘟著嘴，懲罰性地重重咬了劉傾夏一口，滿意地看見一圈齒痕浮在女人的鎖骨處，這才放開她。

夫人低頭快速揉了揉林眞一的頭頂，低聲道：「親夠了，不鬧脾氣了？讓我看一下傷口。」

林眞一縮回手，「我自己包紮就好，晚上再來跟夫人討糖吃。」

實際上，現在每晚唐純媛都在劉傾夏的房裡睡，她想做些什麼也不太可能。然而看到眼前劉傾夏故作不經意、其實已經紅起來的耳廓，她還是覺得這一句調戲得很值得。

劉傾夏看一眼手錶，「我要去弄晚餐給純媛了，要順便弄妳的份嗎？」

「夫人要做飯？」

「怎麼可能，是叫外送。」

「喔，那算了，我只想吃夫人親自做的料理。」

看林眞一失望的表情，劉傾夏微微勾笑，「不然妳下次教我怎麼煮飯？」

「好啊，我會很嚴格喔，」少女一本正經地說：「如果多放一匙鹽巴，就要多親我一下。」

劉傾夏被這句玩笑話堵得一時語塞，林眞一這才心滿意足，放劉傾夏去照顧唐純媛。

剩下她獨自一人後，她草草包紮了下受傷的手，開始思考如何驗證剛剛心裡的猜測。

如果平白無故問劉傾夏，她肯定不會說出眞話，於是林眞一決定趁明天週日，親自去確認這件事。

隔天，林眞一早早出門，來到看守所。

唐老因爲還在羈押期間內，暫時被關在所內，看到她來時很是意外，「妳居然會來探望我？」

林眞一淡淡一笑，「我畢竟是你唯一神智清醒的血親了，我不來，還有誰會來探望你呢？」

唐老挑眉，不置可否，「妳來有什麼目的？我還沒傻到以爲妳會沒有任何理由，只是特地來探視我。」

「我想來問我媽的事情。」

唐老眼睛一亮，冷笑起來，「妳和她現在住一起了嗎？那妳應該比我更了解她了。」

林眞一向前逼近隔板，雙眼緊盯唐老，「沒有人會懷疑童話故事裡的公主是不是壞人，可是唐老，你那時這麼急著希望我回來接班，肯定也和唐純媛的狀態有關，對嗎？」

唐老沉默片刻，緩緩回答：「妳猜對了。唐純媛的精神狀況惡化得太快，我原本還抱持著一絲她或許會康復的希望，但目前來看，當初的事件對她造成的是永久的心理創傷。」

林眞一抓到了關鍵字句，追問：「惡化得太快？」

「盛唐的人說妳和林墨南去探望過她，那妳應該知道我的意思。當時她尙能在沒有約束帶的情況下維持溫和狀態，可李騰光出獄後，她整個人都異常躁動，藥量也不斷增加。以往她看上去還像個正常人，但那段時間裡，她說出來的話雖然清楚，卻完全沒有邏輯可言。醫生建議，這種狀態還是好好待在精神病院比較好，不過看樣子，妳們既然把她帶出來，她一定不肯再回去了。」

林眞一腦中飛速運轉，半晌後，連她也有些忍不住聲音的顫抖，「最後一個問題……在她和夫人都還小的時候，誰才是會在外頭惹是生非的人？」

這次唐老沒有猶豫，面露惆悵地回答：「是我的親生女兒，純媛。」

聞言，林眞一瞪大眼睛。

唐老瞇著眼，淡淡說下去：「既然妳都來問我了，我就好心提醒妳一句，唐純媛從小就是個異常冷血的孩子，雖然她是妳的媽媽，妳還是要小心一點。」

林眞一深深呼吸，她猜得沒有錯，唐純媛根本不是什麼軟綿綿的小白兔，這女人從一開始就不是她在心裡描繪的溫順形象。

劉傾夏沒有告訴她這些陳年往事，也許是因爲往日情意在作祟，可是李騰光也對她說謊了。他口中頑劣冷酷的少女，根本不是劉傾夏。

但爲什麼李騰光要說謊？她懷著滿腹疑雲地離開看守所時，手機響起，是劉傾夏的來電。

劉傾夏從來沒主動打給她過，林眞一不安地接起：「夫人？」

「純媛不見了，妳可以幫我回家守著嗎？如果她一回來就和我說，我先在外面繼續找。」

劉傾夏口氣十分急切，林眞一連忙回應：「我知道了。」

她還想詢問更多細節，劉傾夏已經匆匆掛斷了電話。

林眞一回家後，家裡自然空無一人，她一面等候劉傾夏的消息，一面信步走向唐純媛平常畫畫的房間，猶豫了下，轉動門把。

房間地板散落著無數畫作，凌亂得幾乎沒有下腳處。

地上其中一張特別眼熟的構圖吸引了她的注意，林眞一踮著腳穿過畫作堆，彎腰拾起。畫裡大大的粉紅色眼睛與她四目相交，是上次被唐純媛撕下、眞假公主的插畫。

背面是書裡的文字，似乎有別的東西，她翻過來看，嚇了一大跳。

文字上面被唐純媛畫上大大的塗鴉，假公主的臉橫過鮮紅叉叉，美麗的雙眼被用力塗黑，脖子上更被劃了血色的一刀。逼眞的血跡旁邊，娟秀的「假公主」三個字用紅筆書寫，和刀痕一起突兀地橫過脖子。

門口傳來響動，林眞一迅速把紙摺好塞進口袋，在夫人和唐純媛繞過轉角前及時關上門出來。

劉傾夏面色疲憊，扶著哭泣的唐純媛慢慢走進來。

林眞一想過去分擔劉傾夏的負擔，唐純媛卻受驚地往後退縮。

她懸在空中的手尷尬地停滯，劉傾夏見狀淡淡地說：「妳先回房間，我等等再去找妳。」

林眞一只得目送劉傾夏扶著對方回房間，而她回自己房間等候的同時，再度把那張畫作翻出來看。

是她神經敏感嗎？就算唐純媛本性冷酷，那也是劉傾夏一直知道的事實，然而剛剛唐老的警告，加上手上這幅詭異的畫，都隱隱觸動她警戒的神經。

房門被輕輕敲響，劉傾夏走進來，林眞一迎上去，「發生什麼事了？」

劉傾夏撫一撫她肩頭，「嚇到了吧？沒事了。我今天帶她出去散步，她吵著要買小吃，我付錢的時候沒注意到她跑走了，是警察幫忙找到她的。」

林眞一拿出摺疊的畫紙，輕輕說：「我今天去找了唐老。」

劉傾夏正要伸手接過畫紙，身體猛然一僵，「妳去找他做什麼？」

聽出劉傾夏聲音裡的怒意，林眞一鼓起勇氣說下去：「我想知道妳額頭上的傷，是不是唐純媛造成的。」

夫人的聲音冷得像摻了冰塊，「是不是她造成的又怎麼樣？還有，這是什麼？妳去她房間偷拿？」

「夫人，唐純媛傷害過妳，我只是擔心她又對妳做出什麼事。李騰光對我說過妳們以前的故事，她曾經這麼恨妳，現在卻這麼依賴妳，妳不覺得不對勁嗎？」

最後這句話一出口，劉傾夏繃緊臉，看上去又像從前還與她保持距離時那樣，冷漠疏離，「妳有沒有想過唐老和李騰光會說那些話，是爲了挑撥我們的關係？」

「這幅畫呢，夫人也不覺得奇怪嗎？」

劉傾夏看了一眼畫作，遲疑一下，「這只是藝術創作，不代表她心裡眞的有什麼想法。」

林眞一垂首，李騰光或許眞的有一件事說對了，劉傾夏當年是眞的很喜歡很喜歡她，甚至可能到現在都還喜歡著，才會如此激烈地捍衛她。

「林眞一，妳是她的女兒，應該要和我一起保護她，而不是一直找其他的理由想要抹黑純媛。」

林眞一驟然抬頭，目中閃過一絲受傷，「妳覺得我是故意抹黑她？」

「難道不是嗎？誰都看得出來妳討厭她，妳這段時間的無理取鬧只是爲了吸引我的注意。」

林眞一笑了起來，幾乎要笑出眼淚，卻仍然無法掩藏她的滿心失望。

她努力裝成一個乖小孩，努力適應多了一個唐純媛的生活，努力爲夫人的安危著想，可是在劉傾夏眼裡，她還是在無理取鬧。

良久後，她忍著鼻酸，問出了一個潛藏心裡已久的問題：「夫人，妳到底是愛我，還是愛唐純媛呢？」

劉傾夏瞪大眼睛，又很快恢復平靜，冷聲道：「我不知道什麼是愛，我本來就是冷血動物，不要再對我抱任何期望。」

因爲不懂愛，所以傷人傷己。

從夫人口中聽到一句愛，是這麼奢侈的願望。

可即使如此，就能選擇不愛嗎？她不能。

林眞一撇過頭，直到情緒全數收斂後才轉回來，臉上還是那副硬撐出來的微笑，「沒關係，妳只需要知道我愛妳就夠了。」

在劉傾夏震動的目光裡，林眞一輕輕捧起她的手，把吻落在手背上。

隔天一早，林眞一看見餐桌上多了一盤早餐，金黃的太陽蛋和火腿香氣四溢，麵包烤得微焦酥脆，旁邊放了一杯柳橙汁，杯底壓著張紙條：昨晚對不起，我試著做了早餐，好好吃吧。

那天只是戲言說想吃夫人的料理，沒想到這麼快就實現願望。溫暖盈滿了林眞一的心裡，她迫不及待拿起刀叉大快朵頤，一邊拿起紙條反覆觀看。

餐桌上的食物全都十分美味，但吃著吃著，林眞一覺得似乎哪裡不太對勁。她想起劉傾夏一團亂的廚藝，這整桌挑不出瑕疵的美食，眞的是出自她之手嗎？

她拿起剛剛看了無數遍的紙條，試圖找出蛛絲馬跡。劉傾夏很少在她面前寫字，所以她不太清楚對方的字跡，眼前的筆跡卻有些眼熟……她在腦中搜索，忽然想起來了——是唐純媛寫下「假公主」三個字的筆跡。

身後傳來腳步聲，林眞一回過頭，唐純媛正一邊梳著頭，一邊款款走來，身上穿著的竟是十多年前的高中制服。

林眞一往走廊張望，沒有劉傾夏的身影，心裡微微緊張起來，在位子上一動不動看著對方，最終還是唐純媛自己先笑出聲。

「幹麼那樣看我？」她柔聲張口，語調平順，一點也沒有先前語言能力艱難的模樣。

「妳爲什麼穿高中制服？夫人呢？」

唐純媛噗哧一笑，「難得劉傾夏不在家，我們母女倆可以好好談話。幸好妳沒有急著搬出去，不然我就沒有今天的機會了。」

她竟然知道劉傾夏說要給林眞一安排公寓的事，林眞一渾身一冷，「……妳偷聽我們的對話。」

「何止偷聽，還偷看到一些香豔的畫面呢。沒想到我的好朋友會偷偷和我的女兒搞在一起，妳們兩個同性戀實在太骯髒了。」

林眞一知道是那晚她們在客廳的一幕，一時間有些羞窘，隨即更多的是憤怒，「不准妳這樣說夫人！」

林眞一克制不住厭惡的神色，而唐純媛終於梳好那頭黑色長直髮，轉過來和她四目相對，「妳很討厭我嗎？可是妳體內有一半是我的血和基因，我們都很會僞裝，也很會利用人心弱點，所以劉傾夏才會被妳我牢牢握在掌心裡。妳也是因爲這樣才能爬上她的床吧。」

粗鄙的話語和那優雅柔弱的形象十分衝突，林眞一大惑不解，心裡不祥的預感同時也越來越濃厚，「妳爲什麼要和我說這些？」

唐純媛假惺惺地微笑，「妳是我的女兒，可是我一看到妳就只覺得噁心。可惜李騰光沒有順利殺了妳，反而還被妳殺了。」

林眞一這下子完全察覺不對勁，她極力壓抑自己顫抖的手指，「妳那時候難道在現場？」

唐純媛放聲大笑，「當然，不然妳以爲李騰光怎麼找得到妳？是我告訴他的。指示他綁架妳來引出劉傾夏的人，也是我。」

滿室都是窒息般的安靜，林眞一呼吸急促，反胃感排山倒海而來，不知道是因爲被生母厭棄的母女血緣，還是因爲唐純媛背叛好友的無情無義。

片刻後，她艱難地張口：「妳明明恨她，爲什麼還要裝出一副柔弱的樣子留在我們家？」

「妳自己不也是裝乖待在她身邊嗎？」

「我才不像妳！妳只是想滿足自己的私欲，夫人已經對妳仁至義盡，妳卻根本沒有顧慮過夫人的心情！」林眞一不想再與她談話，然而剛一舉步，天旋地轉的暈眩感就牢牢抓住了她雙腿。她踉蹌一步，又一步，最終跪倒在地毯上。

「我做的早餐很好吃吧。」唐純媛慢條斯理走到旁邊，居高臨下看她，「餐點裡都加了迷藥，等等妳睡著後，我會把妳放進浴缸裡，再把現場僞裝成自殺。理由我都想好了，因爲妳覺得自己對劉傾夏扭曲的愛情，永遠不會有結果。」

林眞一只能竭力保持跪坐的姿勢，看著唐純媛一把托起她的臉，左右審視。

「妳問我爲什麼待在這個家？因爲這樣才能伺機殺掉妳們兩個。除掉妳後，下一個我要殺的就是劉傾夏了。有妳在，我太難毫無顧忌下手，所以今天得先送妳走才行。」

幾乎一模一樣的臉龐，隔著十六歲的年齡之差遙遙相望，唐純媛天眞無邪地笑了起來。

林眞一終於閉上眼睛，癱倒在地。

一早就出門的劉傾夏從警察局走出來時，面色凝重。

昨晚林眞一那句「妳只需要知道我愛妳就夠了」害她輾轉難眠，她一面後悔自己對待少女的態度，一面思索林眞一給她的那幅畫。

一幅畫自然解釋不了什麼，但林眞一提出的問題也是她不敢多想的事情。從前唐純媛對她態度如此惡劣，隨著神智越來越恢復，理應不會再這麼親近她才對……除非唐純媛的溫順另有目的。

想到昨天對方無故的失蹤，劉傾夏決定到警局詢問看看，謊稱唐純媛走丟時身上東西被搶了，想要調閱監視器看看有沒有拍到兇手。

警方沿著唐純媛昨日被找到的路線來調閱錄影，黑白畫面隱隱斑駁，卻能看出唐純媛並沒有走失的迷茫感，而是堅定地朝一個方向走去，最後竟是走進了超商。三分鐘後，她走了出來，站在原地拆開手上的包裹，把一樣物品放進口袋。

警察看不出哪邊有被搶劫的痕跡，於是問道：「還要看嗎？」

劉傾夏用力緊握拳頭，指尖深深掐入掌心，勉強保持鎮靜，「不用了，謝謝幫忙。」

畫面中的唐純媛不像迷路，更像是故意甩開她去拿包裹。但昨天當她找到人，甚至到回家後，都沒有發現對方身上多了什麼，顯然那物品的體積十分小，可以收進口袋不被察覺。

爲什麼唐純媛要做這麼奇怪的事情？思索著還有誰可以提供她線索時，盛唐精神病院院長的臉馬上浮出腦海。

劉傾夏馬上動身前往醫院，院長一開始還對她問的事情顧左右而言他，聲稱是病人隱私。劉傾夏也不生氣，將特地準備的檔案在手機裡打開，放在桌上推過去。

劉傾夏笑吟吟的，眉宇間有淡淡的嘲弄，「看看吧，你從精神病院每年的資金裡汙了多少公款？不想要被公諸於世的話，好好回答我的問題，唐純媛眞實的病況到底是如何？」

院長神色一斂，評估似的覷了她幾眼，終於如實答道：「她出院前其實狀態很不穩定，雖然話可以說得流暢，做出來的事還是很脫離常軌。因爲是老闆的親女兒，我們也不好太嚴厲管教她啊，我們都有苦衷。平常只要有人陪，她都可以自由行動，甚至離開病院。」

劉傾夏心一沉，「你們居然沒有好好管住病人？」

院長張口正想辯解，又被她冷冷打斷道：「有進出時間的紀錄表嗎？」

院長讓人拿來紀錄表的同時，也拿來一疊本子遞給她，「這是純媛沒有帶走的畫畫本，本來都要丟掉了，既然妳來了就拿回去吧。」

劉傾夏先接過紀錄表，手勢急促地翻到林眞一被李騰光綁架的那天，日期底下的欄位中，「外出」二字用紅筆寫著，刺目得讓她馬上闔上紀錄。

工廠裡茶几上的兩份飲料、電擊槍、李騰光的同夥，還有他死前的那句「妳被騙了」……原來是這樣，原來一切都是唐純媛嗎？

院長小心翼翼看著她，半晌後劉傾夏才極力冷靜下來，放下紀錄表，機械性地伸手翻開唐純媛用來畫畫的本子。

隨意翻開幾頁，畫的都是同一種花，和唐純媛現在回家後常常描繪的花一模一樣，是粉紫色、滿坑滿谷的鐘形花卉。

劉傾夏認不太得，草草翻了幾頁都是一樣的圖，便興致索然地闔起圖畫本。

她正要起身告辭時，院長忽然向前傾身，低低問道：「您知道這是什麼花嗎？」

劉傾夏搖搖頭，不祥的預感越來越濃烈。

院長抬手敲了敲本子，「唐純媛沒日沒夜、重複畫的同一種花卉，叫做毛地黃。傳說中，毛地黃是妖精用來遮掩身分的花草，所以它有一個特別的花語，您要不要猜猜看？」

劉傾夏漂亮的眼睛此刻已半瞇起，散發出的侵骨冷意不再遮掩，盯著院長慢慢說出最後一句話。

「花語是，謊言。」

第八章　毒蛇與小狗

悚然的冷意竄上後頸，刺麻得劉傾夏渾身顫抖，回憶不由自主湧現。

劉傾夏還記得，十六年前那個寒冷徹骨的冬夜，她像往常一樣接到純媛的電話，去接喝醉的她回家，卻在酒店門外看見李騰光和她拉拉扯扯。

劉傾夏馬上上前試圖分開兩人，李騰光卻不知道在發什麼瘋，一拳打中劉傾夏的太陽穴，她痛得跌趴在地，一時爬不起來。

李騰光大吼著並在原地打轉、雙眼無神，最後忽然轉身離去，任憑她虛弱地躺臥在柏油路上。

在刺耳的尖叫聲中，她眼睜睜看著唐純媛被他拖走。

劉傾夏掙扎想要爬起來，想要大聲呼救，卻怎麼也無能爲力，好像全身都被沉浸在黑暗裡載浮載沉，有無數隻手把她往深淵裡拖，心臟深處只剩下空蕩蕩的恐懼和荒涼。

時隔多年，劉傾夏再一次生起這種感覺，而這次帶給她恐懼的，居然是她心心念念保護了這麼多年的人。

重重的眩暈感和沉重的心跳交雜在一起，劉傾夏搖搖晃晃站起，死命咬住唇瓣，血的腥澀在齒間漫開，艱難地驅散她一時的失神。

院長似乎在問她還好嗎，劉傾夏腦中一片空白，唯有一張娟秀清瘦的臉緩緩浮出，不是唐純媛，而是林眞一。

劉傾夏在哀痛的絕望裡恍然想起，如果……如果有萬分之一的可能，唐純媛眞是聯合李騰光誘殺林眞一的兇手，那麼她顯然不會顧及自己親生女兒的安危，林眞一可能也會有危險。

這個念頭像霧裡一盞微弱卻倔強的路燈，讓劉傾夏紊亂的思緒在漂泊裡終於錨定住一個執念，那就是她必須保護林眞一。

劉傾夏轉身就跑，高跟鞋在路上摔掉了也渾然不覺，開車時邊開邊顫抖。

她還是不信，不信那個曾經是她年少初戀的女孩會是惡魔。

她相信唐純媛那麼久，把對方當作黑暗裡指引方向的燈塔，可如果燈塔本身根本就是錯的，這些年裡咬著牙撐過的時間，又算是什麼呢？

車子終於到家，劉傾夏跌跌撞撞下車，車門都沒關上就跟蹌奔向門口。熟悉的玄關映入眼前，她卻像即將踏進一個熟悉的夢魘，心跳瘋狂凌亂起來。

浴室的門敞開著，水聲潺潺從內傳出，她鞋子都來不及脫，急急奔進去，正好看見昏迷的少女被套上一模一樣的制服，胸口繡著劉傾夏的名字，無力地躺臥在半滿的浴缸裡。

唐純媛正哼著歌，一下一下地幫少女梳頭，聽見劉傾夏跑進時，回頭露出甜美的笑容。

一把銳利的水果刀就放在她手邊，冷芒閃爍。

那抹甜蜜卻又隱含殺機的微笑，一下就把劉傾夏砸回到二十多年前，在唐宅風光明媚的早晨裡，她第一次遇見唐純媛的時候。

當時劉傾夏不過八、九歲年紀，剛被帶進全然陌生的環境裡，加上本來就是慢熟的個性，完全無法適應唐宅。於是每天放學後，她就會自己一個人躲在宅子庭院裡玩耍，不和任何人說話。

陽光燦爛的夏日午後，放暑假的小女孩躲在樹叢的陰影中，看見一雙繫著蝴蝶結的精巧皮鞋停留在自己身前。從小在愛寵中成長的千金小姐開朗愛笑，主動對她伸出手，邀請道：「一起玩吧。」

陽光映在她髮上，像是給小女孩鍍了一頂王冠。

劉傾夏跟唐純媛一點一點變熟，像害羞的雛鳥第一次找到歸屬的窩。她自作主張地認定唐純媛是她一輩子的好朋友，即使唐純媛偶爾會任性不講理，她也是百般包容討好。

兩人友好的關係只維持到國中，小學畢業後，劉傾夏耀眼的美貌初露鋒芒，加上成績優異，很快被捧成校園的風雲人物，女孩間的感情也從此漸漸變質。

劉傾夏想不太起來，是什麼時候開始唐純媛對自己笑裡藏刀，又是從什麼時候開始徹底走上壞學生的路途，抽菸打架樣樣不落，最後更是交上一群無惡不作的狐群狗黨。

爲了可以在唐家留下來，劉傾夏永遠會竭盡全力達成唐老的要求，不管是課業或生活上，半點都不敢反抗。

唐純媛沒有這種煩惱，她是唐老唯一的掌上明珠，自幼就養成驕縱性子，交了這群損友後更是變本加厲。

唐老一直對唐純媛的行爲睜一隻眼閉一隻眼，只偶爾管束不讓她做出太超過界線的事，以免損及唐家在公眾面前向來完美的形象。所以唐老經常會要求劉傾夏去酒店，把玩瘋了的唐純媛帶回家。

劉傾夏依言執行，第一次去酒店時身上還穿著制服，被一眾不懷好意的少年少女們圍在中間，甚至有幾個男生大著膽子，時不時在她肩背摸上一把，被她厭惡地甩開。

唐純媛笑咪咪地看著她掙扎，「我們的好學生劉傾夏，妳怎麼跑來這裡了？這裡不是妳該來的地方喔。」

在人群裡，劉傾夏雙眼眨不眨地直視她，「純媛，爸媽都很擔心妳，快跟我回去吧。」

「喔，我爸媽嗎？我差點以爲那是妳爸媽呢，把一個外面撿回來的垃圾當成寶在寵，我都快要懷疑自己是不是親生的。」唐純媛眼神陰冷刺骨。

劉傾夏無視她的挑釁，平靜地問：「要怎麼樣，妳才願意跟我回去？」

唐純媛晶亮的大眼睛就這樣無辜地看著她，笑得眼底波光瀲灩，「妳不是很乖很聽話嗎？妳現在站著別動。」

少女抓起桌上的菸灰缸，在手裡試了試重量，看見劉傾夏依然站在原地，臉色瞬間冷了下來。

最後，她在眾人的驚呼裡將菸灰缸重重脫手，砸了過去。

玻璃缸在劉傾夏的額頭上砸出一蓬血霧，女孩踉蹌了下，顫巍巍撐住，頂著滿臉的血，依然固執地問：「妳現在可以跟我回去了嗎？」

唐純媛愣了下，忽然縱聲大笑。

唐純媛放聲大笑時扭曲的面容，和現在十六年後溫婉微笑的唐純媛，詭異地重疊在了一起。

劉傾夏想馬上衝去關水龍頭，卻又忌憚著唐純媛手邊的利刀，只能麻木地動唇：「純媛，妳在做什麼？那是妳的女兒！」

「我在懷舊呀，妳也很懷念吧？還穿著制服、年輕的我們。」

正如院長所說，此時唐純媛說話既沒發抖也沒有停頓，流暢得很。

唐純媛手下的女孩忽然掙動起來，林眞一的雙眼剛剛睜開，唐純媛就一把執起刀，抵上了她的脖子，浴缸的水已經浸透了林眞一的胸口。

「再過來我就馬上殺了她，反正大不了就是再被關回精神病院，我不怕。」

刀鋒抵在少女雪白的頸上，隱隱壓出一道細細紅痕。

劉傾夏下意識地想呼聲阻止，卻又察覺到唐純媛眼裡隱隱的瘋狂，頓時猶豫了起來。

渾身無力的林眞一早已全身上下涼到極點，聽見夫人故作平靜的聲音。

「要怎麼做，妳才願意放她走？」

就在唐純媛抿著唇笑出來時，電光石火間，劉傾夏伸手過來想要拉林眞一，卻被唐純媛眼疾手快一把攔住。

刀口威嚇地朝空劃過，在劉傾夏來不及縮回的手上留下一道深痕。

林眞一見狀目眥欲裂，看著劉傾夏的血大滴大滴墜落，唐純媛卻笑得無比放肆，「小時候妳不是說喜歡我嗎，我要妳證明妳有多喜歡我，願不願意爲了我，放棄妳的小情人。」

小情人三字讓劉傾夏臉色瞬間慌亂，又竭力鎮定下來，「純媛，妳還希望我用什麼來證明？我十六年來每天都活在噩夢裡，每一天都會夢到妳被拖走時的樣子。我爲了妳，在唐家待了這麼久，把林眞一好好撫養長大，我已經盡力贖罪了。」

唐純媛故作天眞地思考了下，用小女孩般的聲調說：「嗯，我想想，如果妳願意爲我死，我就相信妳，如何？」

劉傾夏很慢地呼吸著，逼自己一字一字問出：「妳本來就想要我的命。在李騰光要殺我時，用電擊槍擊昏我的小弟們，並且旁觀的人……就是妳吧？」

唐純媛眼底閃著妖異惡意，大笑著承認：「對，是我！可惜，那次沒能弄死妳，害我現在還要裝瘋賣傻，跑到妳家來演戲騙妳。我裝了好久，一直等，等我可以殺掉林眞一再僞裝成自殺場面後，下一個再來殺妳。妳知道我爲了演好戲，每次裝作親近妳時，心裡有多噁心嗎？」

眞相被直白揭露，劉傾夏快要站不住腳，只能撐著一旁的家具竭力穩住自己，不被心裡那剜骨的疼擊倒，「爲什麼？爲什麼……要這樣對我？」

唐純媛快意地笑，答案已昭然若揭，「因爲我恨妳。」

劉傾夏一動不動，聽著喜歡了這麼多年的女子細數自己的罪狀。

「明明身分低賤卻還是一臉高高在上，不過是個養女，憑什麼越過我頭上？我恨妳的優秀，恨妳的虛僞，恨妳搶走我爸的所有注意力。當我聽到妳對我告白，說眞的很喜歡我時，我覺得噁心透了。還記得嗎？我那時候就是這樣對妳說，說妳噁心。妳聽到的時候，臉上的表情我現在想起來都還想笑呢！」

林眞一望著唐純媛如夢似幻、沉浸在扭曲快感中的臉，又想起那時李騰光對她說的往事——

「……劉傾夏突然醉醺醺找到我，說唐純媛拒絕了她的告白。既然唐純媛不願意和她在一起，她也不要保護她了，隨便我玩。她把唐純媛帶給我，還給我喝了一種摻了催情藥的酒，我那時候太年輕、又無法無天慣了，一時衝動……」

不是這樣的，想要陷害人的不是劉傾夏。

「那個李騰光，我們混在一起那麼久，原本都快要在一起了，但他居然也喜歡妳！狗東西一點眼光也沒有！我氣不過，又想給妳一點教訓，於是弄來一種可以用來催情的新型毒品，把它加進李騰光的酒裡。我騙妳我喝醉了，要妳過來接我。沒想到那個爛人！那個爛人吸壞了腦，根本分不出誰是誰——」

唐純媛秀氣的臉蛋顫動起來，看上去十分駭人，轉頭瞪向林眞一。

「我的身體太弱沒辦法墮胎，才會不得不生下林眞一這個賤人，眞是噁心透頂！我生下她沒多久就得了產後憂鬱，直到現在都還是這麼難受，害我變成這樣的都是妳們！所以，我要我爸不准放李騰光出來，要用盡手段讓他被關到死。」唐純媛頓了頓，「可惜啊，他終究還是被放出來了。於是我找上他並說服他，他會入獄都是妳害的。他因為吸毒的關係記不清楚事發過程，因此我編了一個故事，要他用來離間妳們，最好還可以殺了妳！」

劉傾夏木然地望著唐純媛，望著自己的初戀。

年少的初戀之所以是初戀，大概就是因為這份「喜歡」毫無雜質，甚至沒有什麼特別原因。

劉傾夏在國中時就發現自己對唐純媛的心意，不只是因為唐老的命令，她自己也心甘情願去各種危險場所，把唐純媛好好地帶回家，小心翼翼珍惜著每一次相處的機會。

在她眼裡，無論經過多少風霜，唐純媛還是兩人最初相識時，那副乾淨天眞的模樣。

當劉傾夏終於忍不住向唐純媛告白，卻被嚴詞拒絕時，她也坦然接受。原本就是不該有的情感，被拒絕也是理所當然，所以劉傾夏認命地將這份喜歡永遠埋進心口，任憑它慢慢在歲月裡潰瘍成一個不能傾訴的傷口。

當時唐純媛在她的接送下出事，在醫院裡，唐家主母崩潰地追打著她，厲聲質問道：「爲什麼沒有保護好她！妳就在現場，妳人就在那裡，爲什麼沒有救下她！」

劉傾夏無言以對，因爲她也深深恨著那晚怯弱無助的自己。即使是被李騰光打傷了也應該奮力呼喊，即使是用爬的也應該趕到唐純媛身邊，然而她沒有做到。

她一直堅信，是自己害了唐純媛。

可是她沒有想到，從來沒有想到，多年來的日夜愧疚、後悔沒有救到唐純媛的噩夢背後，眞相居然是這樣刻骨的憎恨。

「劉傾夏，妳只是我們家的一條狗。我才是眞的！我才是唐家名正言順的公主，妳和林眞一都只是劣質的替代品而已！」

面對她的怒吼，劉傾夏神情寂寥到了極點，只剩下一片死寂的平靜。

良久後，劉傾夏才說：「所有人都只能愛妳，世界都只能圍著妳打轉。妳還是這麼自私，唐純媛。」

林眞一一愣。這是打從她有記憶以來，第一次見到無堅不摧的夫人流淚，一滴透明緩緩滑落，即使是落淚，那張臉還是那麼美、那麼鎭靜。

「唐純媛，放過我們吧。妳現在離開這裡，不要傷害林眞一，我可以什麼都不追究。」

唐純媛幾乎是同時暴怒起來，「要我放過妳們，那誰來放過我？妳爲什麼用這樣的眼神看我！我不准，我不准！」

銳利的刀鋒隨著她的動作映照出冷冷光芒，失控揮舞時林眞一咬牙努力抬手，在劉傾夏的驚呼裡，刀子幾乎刺穿了林眞一的手掌。

林眞一躲都沒躲，劇痛喚醒了她仍被迷藥掌控的身體，趁唐純媛一瞬失神時，將浴缸的水潑向對方。

在水花飛濺、遮住唐純媛視線的同時，林眞一一把抓住女人的手腕，力道大得對方失手拋下刀柄，水果刀落入水裡。

短短幾秒，情勢反了過來。

劉傾夏乘機撲向唐純媛，腳下未脫的高跟鞋卻重重一拐，反而被唐純媛重重推向洗手臺，額角撞出一道觸目驚心的淋漓鮮血，意識頓時模糊。

兩人拉扯之間，唐純媛也跌倒在地，回過頭，見林眞一粗重地喘著氣，無視手掌傷口血如泉湧。少女咬牙地拿起水裡的刀，眼底鎖定獵物的冰冷是那麼鋒利，直直審視著唐純媛。

她的神情就像在打量死物，無波無瀾。

她用雙手吃力地握緊刀柄，掙扎著爬出浴缸，逼近跌落在地的唐純媛，手腕高高揚起——

「眞一，不要！」

倒臥在地的劉傾夏竭力喊出聲。她通常是連名帶姓地叫林眞一，很少對著她叫兩個字，向來清冷果斷的聲音此刻破碎欲裂，「不要爲我……再傷人了。」

林眞一手腕懸空高舉，低頭望向唐純媛和自己肖似的臉龐，臉上無悲無喜，只有劉傾夏的聲音盪了一圈又一圈，慢慢沉澱在她心上。

「眞一！」

窗外有警車聲逐漸逼近，光芒慢慢回到女孩的眼中。林眞一緩緩鬆了一口氣，刀子從她指縫中跌落，清脆墜地，被劉傾夏爬過去遠遠揮走。

唐純媛似哭似笑，喃喃道：「妳不是要殺我嗎？現在又不敢了嗎？賤人！林眞一，妳就是個賤人！」

林眞一不再理會她，而是往回走了一步，又一步，在唐純媛瘋狂的謾罵中跪了下來，像跪拜一位鍾愛的神明，小心翼翼擁住劉傾夏，輕柔的聲音那麼堅定，卻又那麼酸楚，「我說過，我會永遠愛著妳，就像小狗愛著主人一樣。而一隻乖小狗，一定會好好聽主人的話。」

「在這邊！」就在唐純媛即將再次撲上來時，林墨南的聲音及時在她們身後傳來，引導著警方。

劉傾夏驅車趕回來時，曾經打了通電話告訴林墨南，如果在約定時間內她沒傳送表示平安的訊息，必須要馬上報警。

警方跟在林墨南身後進門，衝入浴室制伏開始大吼大叫的唐純媛。

此刻她已經完全瘋魔，劇烈的掙扎幾乎扯破了自己身上的制服，清麗的臉蛋扭曲漲紅，模樣讓人不忍卒睹。

「不要看。」似乎想保住在林眞一心裡母親的最後一絲形象，劉傾夏顫抖著遮住林眞一的眼睛。

慣。

林眞一反手握住那隻手，順從地閉眼，沒有拒絕夫人刻在骨子裡慣性的保護習

這是林眞一獨有的特權，也是劉傾夏已經成爲本能的執念。

直到警察銬上唐純媛將她帶走時，林眞一的臉都埋在劉傾夏溫熱的掌心中，忍著自己手掌傷口灼熱的痛楚，沒有再看親生母親一眼。

劉傾夏望著唐純媛瘋狂掙扎的模樣，把對方的臉龐深深印入腦海，慢慢閉上了眼睛。

十六歲的劉傾夏，十六歲的唐純媛，錯過的情感再也無法回來，她們早就都該與年少歲月告別。

「夫人？」看不見的女孩有些不安地出聲確認。

劉傾夏重重收緊手臂，鼻尖壓進林眞一的髮裡，貪婪地嗅聞，「噓，撐著點，救護車很快會來了。」

「夫人，可不可以再抱久一點。」

她當初怎麼就心軟撿回了這隻小狗呢？搞得現在騎虎難下，狗都養出感情了，捨不得送走了。

「夫人？」

劉傾夏慢慢地、不厭其煩地一遍遍回答：「知道了，我在。」

林眞一再次醒來時，眼前一片漆黑寂靜。

「夫人？」她驚慌地喊出，聲音卻嘶啞得難以被聽清。

就在她掙扎著想坐起身時，身旁傳來淡淡的回應：「我在，別亂動。」

林眞一止住動作轉過頭，同樣穿著病人服的劉傾夏伏在床邊，抬眼對上她的視線，挑起單邊眉毛，「這次是眞的醒了，還是又在說夢話？」

「我昏迷多久了？」林眞一說話還有些含糊，努力想要聚攏意識。

「準確來說不是昏迷，是睡著，畢竟妳身體裡還殘存沒代謝完的迷藥。妳只睡了一天而已，別擔心。」

林眞一在她的攙扶下緩緩坐起，兩人四目相對。林眞一忽然俯身，用盡全力摟住夫人，單薄的身軀緊緊貼近，緊得肋骨生疼。

劉傾夏單手摟著少女的後腦，另一隻手拿起水杯，「先喝點水，妳的嘴唇都裂開了。」

林眞一依然把頭埋在女人肩上，聲音含含糊糊，「夫人餵我。」

劉傾夏笑了一聲，含了一大口溫水，驟然托起她的下巴側頭吻上，把水在交纏的唇間渡過去。

少女嚇了一大跳，嗆咳起來，但劉傾夏沒有鬆手，而是吻得更深，任由沒有被喝進去的水沿嘴角淌出，滴落在她們單薄的病人服上。

林眞一像溺者抓住浮木般，雙手環繞上劉傾夏的脖子，直到氧氣耗盡，狂亂的深吻稍停，她才虛脫地躺在夫人肩上喘息。她能聽見彼此的呼吸和心跳聲急促地撞擊耳膜。

劉傾夏怕她碰到受傷的手，於是坐上床沿，換了個姿勢把她環進懷裡。林眞一比她高大，此時卻像嬰兒般蜷縮起來，靠在她緊緊圈起的雙臂內。

「感覺還好嗎？除了手，有沒有哪裡不舒服？」

林眞一這才遲來地感覺到疼痛，但或許是止痛藥的作用，並沒有到無法忍受的地步，可是她不會放過任何向夫人撒嬌的機會，「全身都不舒服，要夫人抱著。」

「是嗎？那麼不舒服，這樣得在醫院多住幾天才行。」

林眞一撇下嘴，「喔，現在又好了。」

她躺在劉傾夏的懷裡，這才看清楚雙人病房裡的景象。另一張床上的被子依舊十分整齊，劉傾夏顯然是看她睡得不安穩，跑來她的床邊陪她，沒有乖乖躺在自己的床上。

之前劉傾夏受傷是她來照顧，現在傷得更重的是她，可以名正言順享有劉傾夏的寵愛，這應該是值得開心的事。但想到昏迷之前驚險的一幕，林眞一還是有些害怕地回過頭，在黑暗裡找到劉傾夏清冷的雙眼。

「後來……發生什麼事了？」

劉傾夏輕鬆的神情再度凝重起來，任由林眞一完好的手扣上她的，十指相握，彷彿要從彼此身上汲取溫度。

「警察從畫室裡找到迷昏妳的藥，追查後發現，那是純媛偷偷用我的帳號在網路上購買的。之前我以爲她走丟，其實她是偷偷跑去拿包裹。幸好她沒有掌握好藥量，妳才能中途醒來。我都不敢想像，如果我沒有及時趕回來……」她捏緊林眞一的手指，感受懷裡貨眞價實的溫度，無聲鬆了口氣。

幸好，幸好上天沒有再奪去她僅剩的存在意義。

林眞一低聲道：「那天早上，唐純媛和我說了很多。」

她把唐純媛的憎恨、故意裝乖留下來想伺機殺死她們的計畫一一道出。

劉傾夏沉默聽著，扣住少女的手指越握越緊。

林眞一說完後，病房裡陷入長久寂靜。

劉傾夏忽然喃喃說道：「對不起，那天我不該凶妳，我……只是在害怕。」

出事前一天，林眞一拿著畫找她，說出對唐純媛的疑心時，她其實只是在用生氣掩蓋自己深深的恐懼。

恐懼如果林眞一的懷疑是眞的，她對唐純媛這些年來的心意就都只是徒勞。

林眞一聽到劉傾夏的話，渾身一震，扭動身體轉頭看女人的神情。即使在這樣的漆黑裡，對方眼裡從未顯露的哀傷竟也是這麼明顯。

劉傾夏很慢很慢地繼續說：「我說我是冷血動物，是認眞的。我的確不知道什麼是愛，以前唐家收留我，我以爲給我一個住的地方就是愛我；或是像唐純媛那樣把我當成僕人呼來喚去，我也以爲那是愛。所以我用盡全力，想保護唐純媛到最後一刻。」

她學到的愛都是帶有條件，如果不能等價交換，就沒有人有義務在乎她。直到林眞一出現，懷著滿腔魯莽的誠心，不顧路途險阻，總是傻傻朝她直奔而來。

劉傾夏深深吸氣，問出一直埋藏心底的疑問：「這樣的我，還値得妳這麼不計代價地喜歡嗎？」

林眞一愣愣地聽著，在這一瞬間，兩人的關係彷彿顚倒了過來。原本總是從容的夫人不再鎮定，而從前只能遠遠追著夫人跑、害怕被丟下的她，第一次握有主動權。

她握緊夫人的手，像過往一樣再次放到唇角，一根一根指尖地輕吻。

「不懂愛又怎麼樣？是夫人讓我學會了愛，我也可以好好教妳。」林眞一抬起眼，眼底亮晶晶地映出她的倒影，「只是學費比較貴，夫人可能得犧牲一下色相來支付。」

劉傾夏看著少女挑逗的調皮眼神，心裡一動，想到這裡是醫院，勉強壓抑衝動，「妳是在醫院做上癮了嗎？」

從前荒唐的回憶湧入腦中，林眞一微笑地放開夫人牽著的手，挑開病人服寬鬆的前襟，用落在她胸前的吻回答了這個問題。

兩年後。

「妳覺得她會不會願意跟我拍照啊？」

「誰？」

「當然是那個畢業生代表啊，她好漂亮喔……」

劉傾夏踩著紅底高跟鞋，悠閒地經過兩個在耳語的女學生。其中一個學生不經意地回過頭，驚得忘記接同伴的話。

「喂，妳有沒有在聽啊？」

那個女同學伸出一根顫抖的手指，指向劉傾夏走臺步般的妖嬈背影，結結巴巴道：「她更漂亮，簡直像明星啊啊啊！」

畢業生代表此刻一身筆挺的白襯衫，穩妥地把下襬紮進黑裙裡，裙襬的高度也很模範標準，恰好徘徊在膝蓋間，不長也不短。她挺直著背，在人群裡一眼望見了她的夫人。

一隻好的小狗永遠能一眼認出主人，何況這位主人今天穿了白色平口上衣搭黑窄裙，優雅性感之餘，也和林眞一的裝扮色系遙相呼應。

林眞一緩緩地朝劉傾夏走去，路過一個同班同學，便隨口打了招呼：「畢業快樂。」

「畢業快樂！」同學順著她很快飄開的視線看過去，眼睛一亮，「那是妳媽嗎？也太美了吧！」

「不是媽。」林眞一微笑地糾正：「是我的主人。」

沒管同學錯愕的神情，她筆直地走向劉傾夏，看她懶洋洋地勾唇，拋來一束上頭有小狗玩偶的花束。

「小狗，高中畢業快樂。」

林眞一接過花，表情很快調整成天眞無辜的模樣，連珠炮地問：「夫人剛剛有看我上臺致詞嗎？我上臺的時候好緊張喔，夫人覺得我講得好不好？」

劉傾夏很習慣地掰開她的頭，「少裝了，妳上臺時那個踐樣哪裡緊張了？」

林眞一自動把頭靠回去，挽著女人的臂彎，兩人一起緩步走出禮堂，一路上招惹了不少視線。少女咬著唇，一邊覺得驕傲，一邊又想挖了那些窺探的人眼睛，微笑道：「我的夫人永遠這麼惹眼。」

「不用妳說我也知道。」

「夫人爲什麼今天來畢業典禮呢？明明墨南哥說妳不會來。還是怕妳的狗被拐走？」

「不是，是怕妳這條惡犬沒有我管束，會嚇壞路人。」

兩人一起上了車，林眞一剛拿到駕照，吵著要開，劉傾夏也隨她，只是警告道：「開不好晃到我頭暈的話，今晚妳就死定了。」

林眞一一腳踩下油門，劉傾夏猛地被迫傾向前，又被安全帶扯回來，似笑非笑地轉頭用氣音問：「怎麼，還是妳現在就想做了？」

林眞一沒有回答，只想專心趕快把車開到目的地。

車到家後，她們還沒下車就重重吻上，一路糾纏進大門。兩人都太急切，等不及去臥室，而林眞一沒有搶得先機，被反應更快的夫人一把按在了門上，得逞地輕笑。

兩個人在床上都有某種程度的施虐欲，林眞一深深覺得夫人那張冷豔的外皮底下，就是個變態的靈魂。如果林眞一在床上的強制行爲只是因爲不想被反抗，劉傾夏的強制更像要獵物心甘情願地俯首稱臣。

就像此時，林眞一幾乎要站不住腳，全身整齊的制服被扒得凌亂，卻硬是不全脫下來，反而更顯情色。內褲掛在腳踝上，劉傾夏的指尖在林眞一下身早就泥濘成一片的穴口打著轉，硬是不肯乾乾脆脆進去。

林眞一向來很能撐，手掌掐在劉傾夏的脖子上，和她斷斷續續地啃吻，那隻手上有淡淡的痕跡，幾乎已經看不出兩年前曾經被一把刀差點穿過。

「今天是我畢業，要送我畢業禮物才對，夫人。」林眞一拖著聲音，在劉傾夏最敏感的耳邊悄悄呢喃。

劉傾夏眸色一沉，手指重重捅進去，細聲說：「這種時候最會撒嬌。」

她們兩人今天都有點沒耐心，林眞一被撞得搖搖晃晃，她沒有忍，故意張口任由變了調的哭腔黏膩膩地溢出。底下那處攣縮著，上面的嘴也沒閒著，一次次重複說：「我好愛妳，夫人。」

林眞一哭喊著被送上高潮時，總是高高在上的夫人輕哼了一聲，她不確定劉傾夏最後到底說了什麼。

這麼多年來，夫人從來沒說過，也永遠不會說「我愛妳」，但沒有關係，小狗會說。

她們鬧了一次又一次，直到夜深倦意深重，林眞一半抱著夫人去洗澡。在浴室的熱氣底下，兩人按在冰涼的磁磚上，斷斷續續地親吻與貫穿，足足洗了兩小時才出來。

兩人荒誕完後肚子也餓了，林眞一到廚房做飯，在冰箱前問：「夫人今天想吃什麼呢？」

劉傾夏躺在沙發上，含含糊糊回答：「要熱的東西。」

林眞一回過頭看她，對這過度籠統的指令哭笑不得，又習以爲常。

唐老被判刑入獄後，劉傾夏過往參與唐家生意的部分，只留下少數正當的商業模式，和林墨南一起合夥經營，生活作息終於回歸常人的型態，可以每天回家陪林眞一了。

卸去唐家交際花的面具後，劉傾夏活了三十幾年來，終於可以稍微露出內在的眞面目，能夠展示恃寵而驕的小脾氣，也能夠有不按牌理出牌的天馬行空。

林眞一樂於看到劉傾夏的任性，不爲外人所知的樣貌能夠在她面前毫無保留展示，是對她最大的信任。

「熱的東西沒問題，想吃什麼肉當主餐？」

「四隻腳的。」

林眞一忍不住嘴角弧度，「那就炸豬排給夫人吃，好嗎？」

「動作快點，我餓。」劉傾夏沒有正面回答，晃著腿命令。

林眞一從善如流，趕著去給夫人做飯。

這兩年以來，家裡的廚餘數量大大地減少，林眞一爲這樣平凡的小事感到滿滿的幸福。

沙發上的劉傾夏微微撐開眼皮，看林眞一的背影在流理檯前忙忙碌碌，嘴角輕輕一揚，又很快掩飾過去。

用餐完後兩人都很睏倦，早早窩上床，但林眞一還捨不得睡，賴在劉傾夏身邊喃喃開口：「明天是雙月月底，我們再一起去精神病院探望唐純媛。」

「知道了。」

「上大學前我還有好多時間可以玩，夫人，我想去環島。」

「隨便妳。」

「夫人要跟我一起去嗎？」

「妳開車我就去。」

「夫人？」

「幹麼，吵死了。」

「我愛妳。」

「……我知道。」

少女的聲音終於心滿意足地低了下去。

劉傾夏看著林眞一的睡顏，探手關掉大燈，只留下昏黃的小夜燈驅散濃重黑暗。好幾秒後，劉傾夏探手過去，輕輕撫過林眞一的臉頰。

這幾年的日常生活改變了她很多習慣，不過有些根深蒂固的特質，依然無法這麼快有所變化。

例如，她還是學不會坦然地把愛意說出口，甚至還不習慣承認自己愛著養女身分的林眞一，但林眞一豐沛的熱情總能接納她的一切。

無論是她難以開口的彆扭，還是那些沒有理由的任性，劉傾夏所有表達愛意的生澀方式，都被包裹進林眞一廣大又豐盈的情感裡，被細細安撫回應。而劉傾夏會回以最耐心的陪伴，滿足林眞一黏人的需求。

蛇類不能改變自己的冷血特質，可這份愛不會比屬於恆溫動物的小狗少。

毒蛇窩在小狗溫暖的臂彎裡，蛇信子探索著空氣，知道她的獵物就在身邊，對她坦著肚皮，睡得毫無防備。

蛇嫌棄地用尾巴拍了下狗頭，小狗垂著耳朵，撐起一邊的眼皮，溫馴地看她一眼，哼哼唧唧地收起銳牙繼續沉睡。毒蛇想了想，也跟著放鬆了身子，蛇身一圈圈緊緊纏著狗爪子。

最冷的冬夜已經過去，這一次毒蛇與小狗，會一起做個好夢吧。

正文完

番外　扮家家酒

校門口一排等著接送學生的汽車中，有兩道身影格外顯眼。

一個男人身穿駝色大衣，金邊眼鏡下的臉龐正經八百。與他相對的另一個男子，則是披著鮮豔的紅夾克，愛心形狀的紅色墨鏡下，是一雙彷彿總帶著笑的眼睛。

兩人雖然都生得俊美，氣質卻是迥異。

此刻，他們對周遭好奇的視線視而不見，壓低嗓音爭論不休。

「江森珉，你跟來幹麼啦！萬一被林眞一知道我們的關係，我會很尷尬。」

駝色大衣的男子用食指勾下對方墨鏡，「眞一那麼聰明，應該早就看出來了。而且既然是慶祝生日的晚餐，我跟去會更熱鬧啊。」

另一人把墨鏡搶回來，「別開玩笑，你們又沒有那麼熟。」

「都曾經一起關在密室裡解謎，還不算熟嗎？如果要更熟，就得拜託你多多帶我一起出去了。」

兩人一來一往鬥嘴得正熱烈，完全沒注意到背著書包的女孩已經站在他們身邊，忍著笑清清嗓子，「嗨，乾爸。」

林墨南跳起來，轉頭時馬上換上大大笑臉，「寶貝下課啦，快上車。」

林眞一回以微笑，接著又轉向江森珉，「你好，今天要不要和我們一起去吃飯呢？」

林墨南還來不及阻止，江森珉已搶先回答：「謝謝邀請，這是我的榮幸。」

林眞一看著乾爸一臉不可置信的表情暗自好笑，拉開後座車門，「我坐後面，你們自便，可以當我不存在。」

她坐進去，外面的兩個大人面面相覷，江森珉用唇語說：看吧，她知道。

「你閉嘴。」

他們驅車到達林墨南訂的餐廳，包廂裡布置了滿滿的粉紅色愛心氣球，架子上擺的白色相框放著林眞一從小到大的照片。林眞一仔細地一一看著，尤其有夫人在的照片看得更加仔細。

劉傾夏走進來，環顧四周，又張臂接住撲過來的林眞一，「抱歉，妳乾爸堅持要布置得這麼浮誇，我阻止不了他。」

林眞一笑瞇了眼，「沒關係，我很喜歡。」

「妳都這麼大了，怎麼還這麼黏她啊，」林墨南在一旁路過抱緊的母女兩人，隨口說道。

他向來粗枝大葉，還沒有察覺到她們之間的感情早已超越母女，只隱約覺得原本的生疏不復存在，關係似乎變好了。

跟在他身後走進來的江森珉對上林眞一的視線，露出心照不宣的微笑。顯然，心思細膩的他雖然見到她們的次數不多，但早已發現她們在一起了。

四人入座後，林墨南爲劉傾夏和江森珉倒滿酒，正要放下酒瓶，林眞一把酒杯湊過去笑道：「乾爸，我今天滿十八歲，也可以喝了。」

他愣了下，彎起的眼角漫出柔軟的魚尾紋，「妳長得好快，都能喝酒了。」

待林眞一的杯子也被注滿香檳酒後，劉傾夏率先舉杯，「祝眞一生日快樂。」

四個杯子在半空中輕輕碰在一起，林眞一的眼神在玻璃杯上緣和劉傾夏相觸，暖意緩緩盈滿心間。

她曾獨自度過許許多多個生日，也許因爲她的生日會讓劉傾夏想起唐純媛，過去夫人從來不會爲她慶祝。每年她許給自己的生日願望裡，都有一個是希望有一天，劉傾夏能對她說生日快樂。

現在願望終於實現了。

女孩將酒一飲而盡，「謝謝你們。」

服務生在此時送上一大捧玫瑰花，卻不是給林眞一，而是給劉傾夏的。

劉傾夏微微有些驚訝地接過花束，還在困惑時，林眞一已經再次爲她斟滿杯子，「祝乾爸、乾媽離婚快樂！」

這句罕見的祝賀一出口，連服務生都忍不住側目。

劉傾夏翻開玫瑰花上附的卡片，嘴角微勾，上頭龍飛鳳舞寫著：夫人現在是我一個人的了。

劉傾夏舉起杯，轉向林墨南，發自內心道：「恭喜我們，功成身退了。」

林墨南眼神一軟，看著眼前的人百感交集。

當初結婚是因爲唐老命令，同時也爲了藉林墨南的配偶身分好收養林眞一。那時林眞一還是天眞可愛的小孩子，見面時總緊緊抓住他的衣角，試圖撒嬌讓他留在家裡久一點。

現在順利把林眞一扶養到成年，他和劉傾夏這麼多年來有名無實的婚姻，也該迎來終點。

江森珉先林墨南一步舉杯，轉頭看向他，眼神藏在眼鏡的反光裡看不太清楚，

「恭喜你們。」

林墨南將杯子輕輕撞上他們的，仰脖喝下。

四人邊吃邊聊，等到桌上的料理差不多被清空準備上甜點前，林眞一離席去洗手間，一出來卻被意想不到的人堵住去路。

江森珉難得顯得有些侷促，「我有件事情想拜託妳。」

他看一眼包廂的方向，確定沒人注意他們後，低聲道：「既然他們離婚了，我想趁這個機會向林墨南告白，妳可以幫我一起給他一個驚喜嗎？」

林眞一有些錯愕，「原來你們眞的還沒在一起。」

唐老被關後，留下的產業裡沒有違法的業務仍持續運作。兩人和劉傾夏共同經營，一開始有些不懷好意的人會鼓吹他們除掉彼此、獨攬大權，但這麼多年來他們已養成默契，竟也一路合作到現在。

兩人私下熟稔而曖昧的互動歷歷在目，林眞一原以爲他們早已戳破窗戶紙，沒想到直到現在都仍未正式交往。

江森珉似乎有些難以啓齒，「就是因爲現在工作都得在一起，我才更難向他開口。而且他說自己不想談戀愛，我每次想和他聊聊我們的關係時，他都會找各種理由跑掉。」

林眞一想起之前夫人拒她於千里之外的樣子，十分有共鳴，「那我可以怎麼幫你？」

「我想好好和他約會一天，但如果私下約他出去玩，他一定會察覺我想告白，所以我需要妳幫我促成和他的約會。」

林眞一若有所思地點點頭，正要起步返回包廂，卻又疑惑道：「你們以前沒有私下出去過嗎？」

江森珉的耳尖悄無聲息地漫起一片紅，「有出去過，不過都不是約會的行程。」

林眞一馬上懂了，出去是出去過，不過可能目的地都是賓館。

「沒問題，我來利用一下壽星的權利。」

她和江森珉一起走回包廂，服務生正好端上蛋糕。

林墨南點燃蠟燭，笑嘻嘻道：「快許願吧。」

「第一個願望，希望我們都健康平安。」

燭光搖曳，夫人的眼睛裡也是閃閃發亮，林眞一對她微笑，說出第二個願望時故意不看江森珉，「第二個願望，我們家都沒有一起出去玩過，我想要大家一起陪我玩一天，包含江先生。」

林墨南發出怪叫，卻立刻被劉傾夏肘擊一下，「你有什麼意見嗎，還是離婚了就想遠走高飛？」

「我又沒有這樣說！」

劉傾夏不理他，手輕輕覆在林眞一背後，掌心的溫度穿透衣物，燒得林眞一心跳微微加快，「繼續，第三個願望。」

林眞一雙手合十，閉上眼睛，在心裡說：希望夫人可以有更多更多的笑容。

她睜眼，在大家的掌聲裡吹熄蠟燭。

幾天後，林墨南開始收拾行李，準備搬離家裡獨屬於他的房間。

劉傾夏雙手抱胸，靠在門邊看他，「才剛離婚你就要搬出去嗎？」

雖然嘴上是調侃的語氣，心裡還是有些微不捨，畢竟已經是一起同住這麼久的室友了。

林墨南回頭，笑得燦爛，「捨不得我嗎?我還是會常常回來騷擾妳們。」

劉傾夏哼笑道：「離婚後，你就可以放心去追求愛情了，打算什麼時候告白呀？」

男人收拾行李的動作一僵，不甘願地喊：「憑什麼是我要告白啊，而且我不覺得我們現在的關係有什麼不好，各取所需就夠了。」

「確實沒有不好，但好好談一場戀愛是不同的感覺。你如果喜歡江森珉，爲什麼不試試看？」

林墨南長嘆一口氣，拍拍旁邊的地毯示意劉傾夏坐下。劉傾夏靠著他坐下來，聽他悶悶地說：「我都這個年紀了，不想再承受年輕時那種轟轟烈烈的失戀，也不想再爲了一個人患得患失。」

「患得患失是因爲你夠在意，何況即使沒有在一起，如果江森珉今天離開你，你也會很難過吧。」

林墨南抿著嘴，眼角忽然慢慢紅起來。

劉傾夏嚇得彈開一點距離，「我說了什麼嗎？」

「……我其實很怕他離開。」他仰起頭，深呼吸眨掉眼角的淚光，「不管我們的關係是往前還是往後，都會改變我們現在的平衡。停留在原地不動，是我所能想到最不會失去他的方法。」

劉傾夏看著他，思緒卻飛到林眞一身上。

當時只有十六的林眞一，在孤注一擲向她表明愛意時，是不是也歷經過類似的掙扎？

「你停留在原地，就沒有機會看見更多景色。就算想維持現狀也好，他如果不知道你的想法，也許會覺得你不夠喜歡他。」

「妳這輩子有主動告白過嗎？」

「沒有，只有被告白過。」劉傾夏難得調皮地揚唇，「但如果再來一次，我想當告白的人。我希望是由我來承受不確定結果的害怕，也想好好跟她說我的情感。不過對我們來說，都是很難的挑戰吧。」

他們曾經處在拿情愛與身體當作籌碼的世界，習慣虛情假意，所以面對滾燙的眞心時，反而不知所措。

「妳竟然會這麼說……」林墨南張大眼睛，「妳的對象是誰，我認識嗎？居然可以讓妳這麼瘋狂。」

「你一定認識。」

劉傾夏忍著笑，正想繼續說，房門被輕輕敲響。林墨南回答請進後，林眞一探頭進來，「我買了鹹酥雞當宵夜，你們要不要出來趁熱吃？」

劉傾夏站起身，雙手抓住林眞一的肩膀往外推，「妳乾爸要開始思考人生大事，我們不要打擾他。妳上次不是說想看電影？我陪妳去客廳邊吃邊看。」

快要走出去時，劉傾夏又忽然回頭，含著促狹的笑意道：「你說得對，我是爲她瘋狂沒錯。」

林眞一的心臟怦怦亂跳，在劉傾夏轉回頭、房門闔上的瞬間，傾身迫不及待地吻上她。

自從嘗過那雙唇的滋味後，林眞一食髓知味，逮到任何機會都想偷親夫人，像隻貪食的小狗。

「好了好了，妳是眞的狗嗎？」劉傾夏在氧氣全被掠奪殆盡後，氣喘吁吁推開女孩，手指卻又被叼進齒中，輕輕咬著。

「有何不可。」林眞一最近特別愛說這四個字，她們跌落在沙發裡，她輕輕用鼻尖蹭著劉傾夏，犬齒擦過劉傾夏的指尖，留下微微刺痛。

她已經成年，是可以光明正大追求肢體接觸的年紀了。

「不是說要吃宵夜？」

「妳就是宵夜呀，或者妳要吃我也可以。」

劉傾夏看著她在自己懷裡打滾的樣子，啼笑皆非，「什麼時候變那麼油腔滑調，被妳乾爸帶壞了。」

說到林墨南，林眞一微微抬起頭。

「說到墨南哥，他做了這麼多年花花公子，這次是眞的栽了。兩年過去了，他竟然還沒跟江特助正式在一起，可是兩個人幾乎每天工作都會遇到，難道他們不會尷尬嗎？」

「那兩個人就是矯情，不用管他們。」

林眞一本來要告訴她，自己要幫忙江特助告白的事情，話到舌尖又吞了下去。她雖然對劉傾夏無數次訴說愛意，但的確沒有眞正說出要開始交往的承諾，也不曾正式用「女朋友」來定義彼此。

她已升上高三，接下來課業只會越來越繁重，在忙到完全沒空前，她想趁這個出遊的機會，也和劉傾夏好好表明心意。

「夫人，妳想去哪裡玩？」

「妳還要準備考試，我們在臺北挑一個地方玩一天就好，不要花太多時間。至於要做什麼……」劉傾夏想著自己少得可憐的娛樂嗜好，眼睛忽然一亮，「去打漆彈怎麼樣？我好久沒有拿槍了。」

漆彈？林眞一腦中馬上出現林墨南一槍打在江森珉的腦門上後，他那得意大笑的畫面，絲毫和浪漫扯不上關聯。

「怎麼了？不喜歡？」

林眞一搖搖頭，在心裡向江森珉道歉，「當然可以，我來安排。」

聽到目的地定在漆彈場時，內斂如江森珉也忍不住呆了幾秒，「他答應了？」

「嗯，開開心心答應了。」

這對前夫妻都喜歡刺激事物，聽到要去漆彈場，裡面還附有許多挑戰體能的設施，都躍躍欲試。

江森珉表情複雜，「運動完大概會很累了，可能也沒辦法再換衣服去什麼高級餐廳之類的。」

「抱歉啊……」林眞一小小聲地道歉，「我們來想想可以怎麼告白？」

兩人安靜幾秒，實在想不到漆彈場如何能和燈光美氣氛佳的告白場景有關。

林眞一試探地說：「漆彈的場地有一間迷你小木屋，是用來攻打的象徵目標。還是我們提前請工作人員幫忙把玫瑰花放在那裡，這樣你贏的時候，就可以順勢把花給他，向他告白？」

照片裡的小木屋破破爛爛，不過至少是個稍微可以關起來門、送出驚喜的地方，江森珉想不到更好的方法，只得點點頭。

出遊當天陽光燦爛，林墨南一如以往地吵吵鬧鬧，林眞一則勾著劉傾夏的手臂，看見江森珉穿著白襯衫，有種不妙的預感。

趁車子在休息站稍作休息、林墨南拉著劉傾夏去逛伴手禮時，林眞一晃到江森珉身邊，低語問：「你該不會要穿這樣打漆彈吧？」

「只是希望告白時有點儀式感，不好看嗎？」

林眞一認眞地打量他一眼，江森珉寬肩窄腰的身形，被合身的白襯衫襯托得淋漓盡致，乾淨色調更顯氣質溫潤，但這些都不是問題所在。

「你沒看過別人打漆彈嗎？我們得換上迷彩服！」

顯然眞的沒看過的江森珉瞪大眼睛，林眞一額角隱隱發疼，還想再說什麼的時候，林墨南已經晃過來，他們只好停止交談。

到了場地，聽完教學和注意事項後，教練指示他們換衣服，江森珉忽然出聲問：「請問可以不換衣服嗎？」

教練愣了一下，「漆彈擊中後顏料會染到衣服，而且襯衫行動不方便，不建議客人穿。」

「嗯，那就是可以穿了。」江森珉淡定自若，「衣服髒了沒有關係。」

教練啞口無言，只好任由他穿著像要去上班的白襯衫走進場內。

劉傾夏看著快速跟上的林眞一，低聲和林墨南咬耳朵：「你覺不覺得他們好像在計畫什麼？」

「我也這麼覺得。」

劉傾夏似乎想到什麼，正要開口，教練的呼喊打斷了他們：「要開始囉！」

他們四個人數太少，店家安排他們和一群鬧哄哄的陌生大學生一起組團。林眞一和劉傾夏在紅隊，林墨南和江森珉在白隊，對戰會分成三回合。

隊伍的目標是在淘汰人數最少的情況下去奪旗，中彈即出局，最後綜合奪旗和各隊出局人數的分數判斷勝負。

林墨南混在年輕人裡毫無違和，對劉傾夏比劃一下脖子，假裝吹開槍口的煙，引來同隊的大學生群起模仿，場上掀騰起各種挑釁怪叫和笑聲。

林眞一轉頭看了一眼劉傾夏，即使隔著防護面罩，也能清晰看見對方臉上露出的笑意。

「夫人心情這麼好？」她輕輕攬著夫人的腰，被對方的笑意感染，語氣也跟著輕快起來。

「小時候唐老不准我去校外教學，但有一次教官自費帶我們班去打漆彈，我可是最後成功奪旗的人。」

「夫人這麼厲害呀。」

林眞一牽起劉傾夏的手往旁邊走，劉傾夏嚇得一抖，下意識環顧四周想抽手，然而周遭學生們都在嬉鬧著，沒有人注意她們。

林眞一執著地緊扣手指，沒有放開，一路把她拉到掩體後藏好。

「夫人爲什麼要在意別人的眼光呢，明明我都不怕被看到。」她有些撒嬌地低聲說。

劉傾夏用食指刮過她的掌心安撫，「我不怕被看到，只是不想讓妳被說閒話，」

「被說閒話也沒關係，我有妳，就夠了。」

林眞一向前傾，笨重的面罩輕輕碰在劉傾夏的面罩上，接著回身握好槍。

信號槍劃破吵鬧，開戰了。

學生們玩得太開心無暇管戰略，很快就哀號遍野、紛紛出局。

林墨南很自然地護在江森珉身前，擺手道：「後退一點，你那件白襯衫是超顯眼的活靶子。」

話還沒說完，江森珉的槍管從他身側伸出，瞄準正想狙擊林墨南的大學生，扣下扳機，橘色顏料馬上在對方的迷彩服上炸開一團。

林墨南回過頭，江森珉的面罩擋住他大半表情，只有那雙總是深沉的眼睛盛滿無聲的挑釁。

林墨南還想說話，江森珉忽然勾住他脖子往旁撲，躲開紅隊學生的聯手攻擊。林墨南趴倒在江森珉身上，大腿跪在他的雙腿中間。

雖然胸口隔著防彈背心，但交纏的手與腿，還有江森珉依然扣在他頸上的溫熱大手，讓林墨南腦中不由自主想起了某些不可描述的畫面。

他狼狽地想起身，奈何裝備太笨重，最後還是江森珉扶著他的腰把他托起，靠在掩體上喘氣。

「還行嗎，大叔？」

林墨南笑罵道：「少廢話，趕快去奪旗，我才不想被劉傾夏笑。」

兩人同時翻身從兩側往前突圍，劉傾夏從對面的掩體衝出，正想攻擊他們，卻被一旁正被圍擊的林眞一分散心神，轉身去救她。

滾倒在地的林眞一遠遠對江森珉使了個眼色，心想爲了成全他的告白大計，自己眞的煞費苦心。

在江森珉寸步不離的掩護下，第一戰由林墨南搶下旗子贏得勝利。

教練吹響哨子示意可以休息十分鐘，林墨南馬上摘下面罩嘲笑劉傾夏：「太久沒運動，生疏了吧。」

劉傾夏最後爲了救林眞一被打出場，此刻正想撥開劉海，手指上的顏彩卻蹭到臉上。

「夫人，妳的臉……」

劉傾夏難得有些笨拙，想抹掉臉上的顏料，卻只是把臉抹得更髒。她看到林眞一憋笑的表情又露齒威嚇，像隻沒有殺傷力卻虛張聲勢的花貓。

年長者最可愛的瞬間，就是這種可愛卻不自知的時刻。

林眞一湊過去，在劉傾夏準備發脾氣前用手帕溫柔地擦掉了痕跡。

剛剛的那一戰，紅隊的學生們都發現劉傾夏準到誇張的槍法，紛紛決定第二戰的策略就是當劉傾夏的防護罩，掩護她去殲滅敵人。

看著被包圍在中心的劉傾夏，林眞一有些吃味，但看到對方飛揚的眉眼，又欣慰地揚起嘴角。

她的兩個生日願望，都在今天實現了。

紅隊戰略奏效，第二戰林墨南在奪旗的最後一哩路時，被劉傾夏一槍打中，氣得轉過頭。

劉傾夏得意洋洋，模仿他劃了下脖子。

兩隊各贏一場勢均力敵，第三場決勝局所有人都摩拳擦掌。

第二場的對戰讓白隊這次把火力全部集中在劉傾夏身上。千鈞一髮之際，林眞一幫她擋下林墨南的報復攻擊，上背淋滿橘色顏料，連髮尾都沾上了，還在退開的時候不小心跌倒在地。

子彈角度刁鑽，正好都落在她防護背心沒有遮蓋到的肩膀處。

劉傾夏擔心近距離密集被漆彈打中會受傷，於是停下奔跑的腳步，拉起林眞一退到一邊檢視。

「沒事吧？」

林眞一確實有點痛，但身體還能活動，便擺擺手道：「妳不是很愛打漆彈嗎，趕快回去玩，我沒事。」

劉傾夏卻已經拉著她往休息區走，「比賽沒有妳重要。」

她語氣沒有任何曖昧之意，顯然只是下意識脫口說出，但林眞一看著她的背影，暗暗下定決心。

休息區裡有簾子隔開的更衣室，兩人走進一間，摘下笨重的護具和面罩後，林眞一掀起衣服下襬好讓劉傾夏檢視。

「有點紅紅的，幸好沒瘀青。」

劉傾夏的手指輕輕游弋在女孩背上，林眞一感到一陣酥麻癢感竄上背脊。

劉傾夏倏然停下動作，看見林眞一背上起了一層雞皮疙瘩。女人忍不住逗弄的心，在女孩光裸的背上輕輕落下一吻，「這麼敏感？」

少年人的一大特質是，非常容易就被撩動慾念、不能自已。

林眞一回過頭，衣服都還沒拉回原處就含住劉傾夏的唇，又報復似地往下滑落到頸部，咬下去時幾乎可以感覺到血管狂亂的脈動。

兩人現在全身都太髒了，林眞一忍住進一步下去的衝動，彎身蹭著劉傾夏的肩頭，「我有話想跟妳說，夫人。」

「妳想說什麼還會先得到我的允許嗎？」劉傾夏梳開少女被顏料黏在一起的髮，笑了一聲，「好吧，如妳所願，說吧。」

「我已經過十八歲生日了。」

「所以？還是小孩子啊。」

「滿十八歲就代表我也是成年人了，可以爲自己做決定，並且爲自己的選擇負責。」

休息區就在交戰區旁邊，槍聲和笑鬧聲大得幾乎淹沒她最後一句話：「我想選擇繼續愛妳。」

劉傾夏想要回應，話卻卡在唇間，臉都已經燒紅了，還是說不出來。

林眞一已經繼續說下去：「夫人，讓我做妳女朋友好不好，我會努力讓妳幸福的。」

劉傾夏安靜了好幾秒，林眞一惶恐地仰頭看她，卻對上劉傾夏溫緩的目光。

女人字斟句酌道：「妳不需要努力，光是妳的存在本身，我就已經很感謝了。」

感謝顚簸的命運讓她集齊一手爛牌，卻又在盡頭賜予她最珍貴的寶物。

劉傾夏輕輕說：「我才要……問妳要不要做我女朋友才對。」

林眞一愣愣注視她，猛然側頭靠過去，她們在彈雨外接吻，分不清震耳欲聾的是心跳還是槍聲。

另一邊，場上的戰役還在繼續。

白隊除了林墨南和江森珉兩人，所有人都全軍覆沒，而紅隊僅剩的四人互相對看一眼，決定仗著人數優勢採取包圍策略。

他們得分開行動才能有活路，靠近林墨南那側的人首先發難，江森珉馬上護在他前方，推他一把，「快跑，我來掩護！」

林墨南本來已經跑開幾步，回頭看到江森珉專注守護著自己的背影，忽然心裡一動。

最後一刻，他放棄逃跑轉過身，牽起江森珉的手，和他並肩一起被打中。

漆彈打中胸口的感覺，像一隻小鹿在心臟處怯生生撞了一下，不太痛，卻蕩起了連綿不絕的漣漪。

江森珉睜大眼睛看他，剛剛林墨南本能般回頭與他一起面對危險的反應，在他心裡留下深深印象。

紅隊已經衝破小屋，大學生們狐疑地撿起桌上的華麗花束，「為什麼這裡會有玫瑰花？」

林墨南轉向小屋，再轉向江森珉，突然懂了他和林眞一整天的奇怪之處。

江森珉深吸一口氣，抓著林墨南的手轉身就跑，來到一個尚未開放的區域，四下終於安靜下來。

他把林墨南推靠在水泥掩體上，這才放開手。

「你幹麼？我們已經被淘汰了。」

林墨南定睛注視江森珉，原本風度翩翩的白襯衫，在三場遊戲的追趕跑跳裡沾滿了塵沙，男人脫下面罩後汗水沾濕額角，眼鏡也微微歪斜。

奇怪的是，在這麼狼狽的時刻，他依然覺得江森珉的美貌不減。

他自然地抬手幫江森珉拂開頭髮，一面想著，這個人怎麼會長得這麼正中他的審美呢？

江森珉抓住他的手，「我有話想跟你說。」

林墨南聞言轉身就想跑，但江森珉往前一步把他堵在掩體角落，無奈道：「爲什麼每次都逃走呢。」

什麼花言巧語都能說出的嘴，此時特別笨拙，結結巴巴：「我知道你要說什麼，我還沒做好心理準備。」

「嗯，我要說什麼？」他逗弄地問，輕輕把林墨南逃避的頭捧正。

林墨南一臉即將慷慨就義的臉，抿著唇不想回答。

江森珉凝視他繾綣含情的桃花眼、小巧的鼻頭，以及嘴角生來就微微上揚的紅唇，低頭用親吻代替他回答。

他們沒有一般床伴不接吻的默契，相反地，兩人接過很多次吻，帶著情慾的、熾熱的，沒有一次像今天那麼令人昏頭轉向。

林墨南腦裡一團混亂，只覺得世界在旋轉淡去，只剩下江森珉近在咫尺的呼吸是眞實的。綿長的一吻結束，他啞著聲道：「我幫唐老做過很多錯事，我不是什麼好人。」

「我也不是。」

「我比你大十幾歲，還曾經有很多亂七八糟的床伴。」

「沒關係，只要我現在是唯一一個就可以了。」

「我很怕自己不知道怎麼好好愛人，更怕自己不值得被你愛。」

江森珉低語：「我也是，但我仍然愛你。」

林墨南眼眶慢慢紅起來，輕輕回應：「嗯，我也是。」

「那你願意，做我男朋友嗎？」

天色暗下後，他們四人才在漆彈場附設的烤肉場重逢。

劉傾夏做了無數次心理建設，但牽著手和林眞一一起出現時，少數落在她們身上或疑惑或厭惡的目光，還是讓她幾度想要放手。

林眞一鼓勵地晃一晃她的手，劉傾夏深深呼吸，一起走到背對她們、正在烤肉的林墨南身後。

他回過頭，正要打招呼，目光先是定格在她們十指緊握的手，又看見劉傾夏欲言又止的神情，最後慢慢張大嘴。

一隻手環上他的腰，打斷這對前夫妻膠著的視線。江森珉從林墨南背後探頭出來，對林眞一輕輕眨眨眼，「恭喜你們和我們，終於都在一起了。」

林眞一大大鬆了口氣，微帶歉意，「幸好沒有毀了你的告白。」

林墨南則是抬手去抱劉傾夏，她如釋重負地軟下肩膀，低低道：「我本來還怕你不能接受。」

「嗯，怎麼會？我最怕的只有妳孤單，有林眞一陪妳很好。只是得辛苦我們眞一了，要忍受妳的怪脾氣。」

劉傾夏滿心的感動被破壞，沒好氣地朝他肚子輕捶一拳。

林眞笑著攔住她，把剛烤好的肉串塞進她嘴裡。

又是激烈運動又是深情告白的一天終於結束，大家都累了。上車後，林眞一馬上開始打瞌睡，劉傾夏直接拍拍大腿讓她躺下來。

就算說不出「我愛妳」也沒關係，劉傾夏的所有行動都在訴說林眞一對她有多麼重要。

車子繼續向前，往家的方向前進。

車輛行駛的聲音、前座林墨南和江森珉壓低的說話聲，還有夫人的心跳，交織成最助眠的搖籃曲。

林眞一靠在夫人懷裡睡去前，心滿意足地想，這場曠日費時的扮家家酒終於不再只是遊戲。

後記　愛的陰影

書寶寶可以送到陌生的你手裡是好神奇的事情，先謝謝看到這裡的你！無論你是隨手在書店翻到、跟別人借來看，還是已經把這本書寶寶買回家了，都謝謝你打開它。

書寶寶的誕生要感謝辛苦的出版社、專業細心的編輯、爲書寶寶增添魅力的封面設計師，還有陪伴著我的文友和最親愛的讀者小夥伴們。因爲你們溫暖的支持與協助，我才有機會夢想成眞、在書寶寶裡與大家見面，眞的非常非常幸福。

愛你們也謝謝你們！（跳起來比心）

這本書的寫作歷程有點魔幻，一開始是看到POPO站上的百合徵文，雖然我沒有寫過這個類型的故事，但覺得「悖德」主題很有趣，就腦子一熱決定挑戰看看。

在思考什麼樣的主題才夠悖德時，我開心地胡思亂想了很多種組合，有師生、警匪、婆媳等，最後挑中母女，不過眞母女實在有點超出我想像，權衡後就決定寫成養母和養女的關係。

選定母女主題後就要開始想故事的基調，那時剛好聽到韓國女團aespa的歌〈Black Mamba〉，豔麗卻危險的黑曼巴夫人就從腦中浮出，帶著我展開新故事。

既然一方已經是強勢高冷的蛇，我就把另一方設定成忠心卻腹黑的小狗，開開心心大寫特寫年下的熱情和純粹。

有小夥伴留言說，這是個有點黑暗又有點純愛的故事，這很符合我想要寫出來的主題，不只想寫愛情的光明面，也想寫愛情裡的陰影和負面。

兩位女主角都有很多缺點，劉傾夏冷漠，林眞一偏執，一開始都是不懂愛的，甚至會用錯誤的方式表達感情。但也就是這樣的兩人學著跨越重重險阻，學會去愛不那麼完美的彼此，越是黑暗的世界，她們不計代價的愛更顯得珍貴。

愛人的能力不是與生俱來，更多時候，是需要學習和練習的。我寫完這個故事後，覺得彷彿和她們一起經歷了一場修煉。

再來還有個小彩蛋，在設定唐純媛這個白月光角色時，我一直在想什麼樣的名字聽起來比較像求而不得的初戀，當時腦中就出現《後宮甄嬛傳》的純元皇后。

所以覺得她們名字有點像的小夥伴，你們沒有想錯，取名就是源自純元皇后。

至於她到底有沒有眞的善良美好，我怕先看後記的人被我暴雷，歡迎你們在故事裡找答案唷。

另外，既然是悖德主題當然少不了肉，怎麼寫肉對我是很有趣的新挑戰，然而寫完自己會覺得有點害羞，常常不敢看第二次，也很怕嚇到讀者們，如果《蛇吻》可以讓你們看得愉快就好了。

本次的番外是我很喜歡的小片段，故事原本就主要圍繞在女主角一家人身上，雖然沒有眞實的血緣關係，夫妻之間甚至沒有愛情，但他們守護「家人」的決心和面對彼此時放鬆的樣子，是我心裡家庭美好的樣子。

林墨南也是我私心很愛的角色，於是就在番外篇給他一點表現機會。

我會繼續努力寫下去，讓各種愛的樣貌有機會繼續展現在你眼前，也邀請打開這本書的你，有空可以到IG找我玩。看到你來的話，我會感到非常非常開心。跟你偷偷約定，如果你來IG私訊我通關密語「黑曼巴」，我會再另外送你一個和故事相關的插畫電子檔留念喔。

最後的最後，謝謝我閃閃發亮的偶像SHINee，我爲了一圓把偶像的團名寫在書上，還有和偶像一樣成爲作家的夢想，不知不覺也走到了這裡。

祈禱這些文字能夠傳達給在遠方旅行的你，擁有著和你相同夢想的我很幸福。因爲有你，我也一直在學習愛的更多樣貌，希望可以像你一樣，繼續把幸福的感覺傳遞下去。

漠星

國家圖書館出版品預行編目資料

蛇吻預警／漠星著. -- 初版. -- 臺北市：POPO原創出版，城邦原創股份有限公司出版：英屬蓋曼群島商家庭傳媒股份有限公司城邦分公司發行, 2025.02
面；　公分. --
ISBN 978-626-7455-78-4（平裝）

863.57　　　113020222

蛇吻預警

作　　者／漠星
責任編輯／林辰柔　行銷業務／林政杰　版　　權／李婷雯

內容運營組長／李曉芳
副總經理／陳靜芬
總經理／黃淑貞
發行人／何飛鵬
法律顧問／元禾法律事務所　王子文律師
出　　版／POPO原創出版
城邦原創股份有限公司
台北市南港區昆陽街 16 號 4 樓
電話：(02) 2509-5506　傳眞：(02) 2500-1933
email：service@popo.tw
發　　行／英屬蓋曼群島商家庭傳媒股份有限公司城邦分公司
聯絡地址：台北市南港區昆陽街 16 號 8 樓
書虫客服服務專線：(02) 25007718・(02) 25007719
24小時傳眞服務：(02) 25001990・(02) 25001991
服務時間：週一至週五09:30-12:00・13:30-17:00
郵撥帳號：19863813　戶名：書虫股份有限公司
讀者服務信箱 email：service@readingclub.com.tw
城邦讀書花園網址：www.cite.com.tw
香港發行所／城邦（香港）出版集團有限公司
地址：香港九龍土瓜灣土瓜灣道86號順聯工業大廈6樓A室
email：hkcite@biznetvigator.com
電話：(852) 25086231　傳眞：(852) 25789337
馬新發行所／城邦（馬新）出版集團 Cité(M)Sdn. Bhd.
41, Jalan Radin Anum, Bandar Baru Sri Petaling,
57000 Kuala Lumpur, Malaysia.
電話：(603) 90563833　傳眞：(603) 90576622
email：services@cite.my

封面設計／也津
電腦排版／游淑萍
印　　刷／漾格科技股份有限公司
經銷商／聯合發行股份有限公司
電話：(02)2917-8022　傳眞：(02)2911-0053

■ 2025 年2月初版　　Printed in Taiwan

定價／330元

ISBN　978-626-7455-78-4

POPO原創出版 www.popo.tw　城邦讀書花園 www.cite.com.tw